I MITI

Mauro Corona

IL VOLO DELLA MARTORA

MONDADORI

www.librimondadori.it

ISBN 88-04-52431-6

Edizione su licenza
I edizione I Miti settembre 2003

Il volo della martora

A Marisa,
che un giorno mi disse:
«Scrivi».

PREFAZIONE

Mi chiedo quale sarà la prossima sorpresa che mi farà Mauro Corona. La prima è avvenuta pochi secondi dopo il nostro primo incontro. Ero ad Andreis, insieme a Marisa, a Paolo Bozzi e a Margareta, sua moglie; giravamo per la Valcellina, volevo conoscere un po' di più della terra dei miei avi e pensavo che da quella scorribanda avrebbe potuto forse nascere, come altre volte insieme a quegli stessi compagni di cammino, un viaggio-racconto, uno dei miei microcosmi. Un paio di giorni prima, Mauro mi aveva telefonato a Malnisio, dicendo che gli sarebbe piaciuto incontrarmi. Non sapevo chi fosse, ho una conoscenza assai superficiale e soprattutto irregolare, da ignorante, delle arti figurative contemporanee, come di altri fenomeni dell'attualità culturale, e le mie lacune sono vistose.

Non avevo dunque alcuna idea particolare di lui. L'appuntamento era ad Andreis. Era un giorno umido e piovoso, lui arrivò a piedi da Erto, di corsa, bagnato e sudato, arruffato, con quel suo fazzoletto da pirata in testa. Avrebbe potuto essere un qualsiasi tipo eccentrico, come tanti. Pensai che avremmo bevuto un caffè e che poi ci saremmo salutati, proseguendo ognuno per la propria strada. Dopo le strette di mano, prima ancora di entrare nel bar, Mauro tirò fuori un foglio da una cartella che teneva sotto il braccio. Ricordo gli sguardi che ci scambiammo noi quattro, un attimo dopo aver visto il disegno: la sorpresa, lo stupore, l'incanto che ci leggevamo negli occhi. In quelli miopi e ironici di Paolo Bozzi, dietro le lenti, c'era un'espressione di meravigliata e maliziosa gratitudine per l'imprevedibilità del mondo che, pur così bislacco e spietato, concede ogni tanto una grazia come quella.

Era una crocifissione: essenziale, possente, dolorosa, inconfutabile. Mandato all'aria ogni altro programma, siamo saliti con Mauro a Erto, abbiamo visto il suo studio, le sue sculture. Un'esperienza radicata, indimenticabile. Mauro Corona è un grande scultore, forse ancora non del tutto consapevole di esserlo, è un artista col quale bisognerà fare i conti a fondo. Le sue figure di legno hanno l'incredibile forza e insieme la dolorosa friabilità della vita. Corpi di donna, volti assoluti di vecchi, animali, amanti, crocifissioni, un tronco d'ulivo trasformato in un torso tragico, in una Nike di queste valli, antica e aspramente contemporanea. Una poesia semplice e profonda, che scende al cuore della vita.

Da quel momento ho saputo che quella poesia avrebbe fatto parte della mia esistenza. Alcune di quelle figure sono a casa mia, in molte di esse Marisa e io ci siamo riconosciuti, abbiamo trovato un'immagine di noi e del nostro essere e Mauro lo sapeva benissimo, perché non sceglieva a caso le sculture che ci regalava.

Quel giorno è nata anche una solidarietà profonda, una congenialità di sentire che ha fatto di Mauro, per Marisa e per me, un amico fraterno e necessario, col quale camminare sulla strada che conduce allo scacco finale ma consente anche un forte ed intenso cammino, e anche tante amabili soste, amabili e incantevoli grazie a quel senso epico di strada condivisa, all'intensità sanguigna e picaresca degli affetti.

Mauro ha anche nella vita questa epicità, questo sentimento di una fraternità che abbraccia pure gli animali, le piante - il suo legno vivo e doloroso - e le cose e che pervade quella che Saba chiamava la calda vita. Il valore, il senso della vita, che trascende la vita stessa, nascono dal dialogo amoroso che unisce le singole esistenze separate e supera la loro separazione. L'arte di Mauro, che ascolta la voce segreta delle cose e le fa parlare, è intessuta di questo sentimento e lo è anche la sua persona. Per questo anche la sua amicizia è qualcosa di essenziale, come la sua arte.

Quella prima sorpresa non mi aveva tuttavia scosso sufficientemente dal pigro automatismo, che tende a imprigionarci nello stereotipo e a irrigidire le cose. Quando Mauro mi ha chiesto di farmi leggere alcuni suoi racconti, li ho accolti con diffidenza. Legittima e, anzi, sana. Eccellere in un campo non implica necessariamente alcuna perizia in un altro, Kafka o Thomas Mann, se avessero scolpito, avrebbero potuto produrre delle sculture dozzinali - che peraltro probabilmente non avrebbero esibito. L'esercizio, anche magistrale, di un'arte può essere perfino un ostacolo alla creazione in un'altra sfera artistica, perché può indurre a separare un proprio mondo fantastico, che in realtà non esiste separato dall'espressione che gli dà forma, da quella stessa espressione e a credere di poterlo riversare in un'altra forma, di poterlo tradurre ed esprimere in un altro modo. I risultati possono esere patetici; l'intenso mondo fantastico di una scrittura può appiattirsi in un acquerello di poco spessore, e viceversa.

Quando ho ricevuto i primi racconti di Mauro, mi attendevo dei testi certamente ricchi di umanità, di dignità e di suggestioni, ma sostanzialmente ancillari rispetto alla sua opera figurativa, privi di reale autonomia letteraria. Non mi pento di quella diffidenza, perché penso che il sospetto sia un buon filtro per vagliare la qualità di un'opera, certamente migliore del facile e preconcetto entusiasmo, pronto ad esaltare a priori un'opera in base a sentimenti esterni alla sua reale consistenza. Solo la resistenza a una seduzione può farla emergere nella sua autentica portata; solo se viene passato al vaglio della critica e della negazione un valore si afferma nella sua autenticità. Ciò vale a tutti i livelli: Joseph Roth poteva dire che soltanto per essersi ribellato da giovane contro l'impero asburgico aveva il diritto di provarne nostalgia e di celebrarlo. Tutto ciò è ancora più vero nei riguardi di un amico, le cui opere potrebbero correre il rischio di venire sopravvalutate per affetto, o per affinità di sentire.

Ho letto quindi con una utile sfumatura di preconcetta diffidenza i racconti di Mauro Corona. Ne sono stato conquistato: certamente Corona non è un grande in letteratura, come lo è nell'arte figurativa, ma è un vero, autonomo scrittore. Scarno e asciutto, e insieme magico nell'essenzialità con cui narra storie fiabesche e insieme di brusca, elementare realtà. I suoi racconti hanno l'autorità della favola, in cui il meraviglioso si impone con assoluta semplicità, con l'evidenza del quotidiano. In essi c'è comunione con la natura, col fluire nascosto e incessante della vita, e un'infinita, intrepida solitudine. Tutto è vicino e insieme lontano. Personaggi arrivano da lontananze remote della terra e del passato, dello spazio e del tempo e anche del sogno; restano stranieri a tutto, brevi e irriducibili ospiti, come vagabondi ai margini del villaggio. Ma la casa, la patria, il radicamento - che sembrano impossibili o inesistenti - sono anche sempre accanto, a portata di mano: nelle figure e nelle barbe di antichi tronchi d'albero, familiari compagni di vita e di cammino, esperti - non meno degli uomini - di freschezza aurorale, stanchezza e aspro dolore.

Un mondo meraviglioso, inesauribile e generoso, ma anche dolente, si apre d'ogni parte, fa sentire la sua voce fraterna e minacciosa, lascia intravedere il suo volto inafferrabile e cangiante, talora l'insondabile sorriso della vita, talora la sua infinita desolazione. Anche le cose, specialmente gli alberi, hanno una loro vita, una loro personalità, che s'impone con naturalezza; pure in questi racconti Mauro Corona è poeta del legno, del suo mistero doloroso e appassionato. Ma è soprattutto nello stile che si afferma la forza di questi racconti. Uno stile lineare, scarno; la lingua viene scolpita come un tronco, la mano sapiente sbalza via l'inutile e il superfluo ed emergono i connotati, i volti, i corpi, le storie.

Storie brevi, in cui il tempo e lo spazio si dilatano, sino ad abbracciare lontananze remote, odissee di questi personaggi sanguigni e irregolari, nomadi dell'anima eppure tenacemente fedeli al ricordo di un luogo, a un dettaglio, a un gesto, a un sentimento, provato una volta e per sempre. Malinconia, ma anche senso forte del vivere e del percorrere fortemente insieme, pur ognuno con la sua solitudine, la strada attraverso la terra. Lo scenario di queste storie è spesso circoscritto, ma percorso dal vento di grandi orizzonti; le vicende sono piccole vicissitudini, di piccola gente, ma un senso dell'eterno le avvolge, così come i tempi lunghi della natura e del paesaggio avvolgono il respiro breve di un fiore o di un uomo che vi affondano la loro radice.

Anche questi racconti sono la voce di uno schietto, intenso artista, e insegnano un giusto modo di vivere.

Mauro Corona - il quale talora cede troppo alla tentazione di atteggiarsi a personaggio e ad originale, divenendo improvvido e ingiusto verso se stesso - ha un corpo di fil di ferro, un'intelligenza sottile e agguerrita - invano mascherata da ingenuità eccentrica - e un cuore di poeta, di vero poeta. Corona ha la semplicità della colomba, di cui parla il Vangelo. Quest'ultimo dice anche che bisogna essere scaltri come serpenti, esperti della malvagità del mondo e consapevoli di quanta malizia occorra avere per non esserne distrutti. Chissà se la testa, il cuore e le mani che creano quelle figure e raccontano queste storie possono fare a meno della prudenza del serpente.

Claudio Magris

ALBERI

Mio Nonno

Il mio primo maestro d'arte è stato il nonno paterno. Era nato nel 1879 e portava i baffi alla Francesco Giuseppe. In gioventù aveva corso la prima Milano-Sanremo, ma non faceva il ciclista di professione: era un venditore ambulante e si trovava da quelle parti per commerciare gli oggetti in legno che lui stesso intagliava. Da Erto andava fino a Milano con una bicicletta molto robusta e munita, davanti e dietro, di portapacchi su cui stavano fissati due cassettoni contenenti le cose da vendere. Il nonno era allenato e concluse la gara. Non mi disse mai con quale piazzamento, forse non lo ricordava.

Partiva in primavera al primo canto del cuculo e tornava quando le foglie iniziavano a cadere. I sacchi con la merce li spediva via treno da Longarone e teneva il suo deposito merci presso una famiglia di Gallarate. Durante i lunghi e silenziosi inverni lavorava ai manufatti: scolpiva cucchiai, forchette, setacci, pale da fornai, mestoli e ciotole. Io spiavo i suoi gesti mentre un gran fuoco riscaldava la casa ingombra di legni. Sopra il fuoco, appesa alla catena del camino, bolliva eternamente una pentola di fagioli.

Mio nonno capiva gli alberi come nessun botanico saprebbe. Di certo non conosceva i nomi in latino, ma conosceva il loro carattere. Ogni pianta possiede un suo temperamento, diceva, e in base a questo reagisce all'uomo che la tocca. C'è il legno dolce, quello malinconico, quello astioso, quello tenace, quello egoista e via di seguito; come negli esseri umani, del resto. Lui lo sapeva e mi insegnava queste cose un po' alla volta, con calma e saggezza.

Imparai che i denti dei rastrelli si fanno con il carpino. Il carpino è cocciuto e resiste nel tempo allo sfregamento. L'asta invece deve essere di pino giovane che, essendo buono e tenero, non provoca le vesciche alle mani. Tutti gli altri legni spellano le mani, soprattutto l'acacia. Quasi subito reputai superfluo preoccuparmi della qualità del legno per l'asta del rastrello: avevo scoperto che lavorando si formano i calli e non si sente più alcun dolore.

Le spine delle botti devono essere di maggiociondolo poiché, a differenza degli uomini, quel legno resiste al vino per molti anni.

Con il cirmolo si costruiscono le credenze. Se non viene soffocato da inutili vernici, il suo effluvio profumerà la casa di resina per sempre.

L'acero è adatto a fare i mestoli da polenta. Bianco, pulito, rispettoso del cibo, proprio un gran legno. È però alquanto cattivello e si diverte un mondo a sbrecciare gli utensili all'artigiano.

Il tasso è un albero altezzoso e pieno di sé. Durissimo, sfida gli attrezzi ridendo. Ha un colore rosso sangue con fiammature stupende. Non accetta ruoli umili e vorrebbe essere sempre trasformato in oggetto d'arte. I tornitori lo impiegavano per fare gli arcolai da filare la lana.

Il manico della scure deve essere di faggio perché sopporta benissimo le torsioni. Pure di faggio le ciotole e i cucchiai. Lo si deve lavorare quando è ancora fresco a causa del suo pessimo carattere: non sopporta il tempo che passa e a un certo punto della stagionatura si chiude in se stesso diventando inattaccabile. Esistono legni tristi che piangono appena li sfiori. Ad esempio il giunco, o la vite selvatica. Con quelli si costruivano le culle ai neonati. Forse perché la vita stessa è un lungo pianto.

Dei tronchi da lavoro si adopera solo il primo pezzo, quello che esce dalla terra. Non più di un metro e mezzo.

Ero ancora bambino quando apprendevo questi segreti da un vecchio alto e taciturno. Potrei andare avanti per ore a descrivere l'anima delle piante. In seguito, quella conoscenza tornò utilissima al mio lavoro scultore. Augusto Murer, che guidò i miei primi tentativi, espresse più volte la sua ammirazione per la competenza in materia di legno che dimostravo quando andavo in autostop nel suo studio di Falcade a rubargli il mestiere. Rubai dal '75 all'85, anno in cui morì.

Il nonno amava i boschi e tutto ciò che essi regalavano. Aveva allevato la famiglia adoperando i prodotti delle selve. Sempre con grande rispetto. In primavera mi portava con sé quando andava a fare gli innesti sugli alberi da frutta. Durante l'operazione esigeva che io compissi sempre un particolare rito: mentre incideva col temperino il fusto per innestarvi la nuova gemma, io dovevo tenere le mani serrate attorno alla pianta madre che, secondo il suo pensiero, si sarebbe in qualche modo sentita protetta.

«Nel momento in cui la taglio - mi spiegava - ha dolore e le viene la febbre. Le tue mani l'aiuteranno a superare la paura.»

Parlava con una tale convinzione che a volte mi impaurivo credendolo matto. Oggi provo la stessa impressione ai discorsi di certi protezionisti.

Quando lavoro nel bosco mi piace ancora stringere le cortecce degli alberi con le mani.

Anche all'acqua il nonno dava una sua connotazione. Non è vero che l'acqua è inodore e insapore: l'ho imparato da lui. L'acqua del rio Valdenere la definiva cruda. In quella sorgente mettevamo a bagno i bastoni di nocciolo in modo da poterli facilmente ridurre in strisce sottili per fare le gerle. È un'acqua che rende il legno flessibile più di tutte le altre.

Quando falciavamo i fieni sui prati delle Fontanelle, bevevamo un'acqua tenera che sgorgava da un cuscino di muschi. Scorrendo non faceva alcun rumore, sembrava olio. Quella era dolce.

«Non senti che è quasi dolce?», ripeteva ogni volta.

L'acqua della Cogarìa, sul monte Buscada, la sentiva amara. È un'acqua freschissima.

«Fa digerire», affermava.

Quella di Settefontane, invece, era medicinale. Sanava, secondo lui, i malesseri causati dalle sbornie. Doveva andare spesso a dissetarsi in quella fonte. La valle di Rodisegre offriva un'acqua biancastra che guariva le distorsioni.

Mio nonno sapeva dare vita a tutte le cose semplici. Una roccia qualsiasi, ad esempio, la definiva a pasta tenera o dura. Può sembrare ridicolo pensare a una pietra fatta di pasta tenera. Eppure, quando costruivamo i muretti che dovevano sostenere la terra dei ripidi campi, adoperava per i sassi quegli aggettivi.

Lui era così. Durante il lavoro non parlava mai. Aveva fede ma non rispettava le feste, Pasqua o Natale per lui era lo stesso.

Stava sempre chino sul banchetto ciccando il toscano e mugugnando ogni tanto qualcosa di indecifrabile. Usava l'ascia indifferentemente sia con la mano destra che con la sinistra.

Mi insegnò presto l'arte di intagliare oggetti nel legno, ma io non mi accontentavo e fin da allora cercavo di riprodurre la figura umana. Sulla parte convessa dei cucchiai intagliavo con la sgorbia nasi, bocche e occhi per farli assomigliare a dei volti. Lui sorrideva e sottraeva dal mucchio comune quelle mie prime sculture. All'inizio mi istruì nell'uso corretto della *manera* onde evitarmi il rischio di lasciare le dita sul ceppo. Non si arrabbiava mai mentre insegnava. Ricordo il suo viso buono, quasi ingenuo.

Poi il tempo passò e portò nella sua scia l'era della plastica. Correva l'anno 1962 e la testa del nonno cominciò a non funzionare più molto bene. Arteriosclerosi, dissero. In quel periodo noi tre fratelli eravamo abbandonati a noi stessi e campavamo assieme a lui e alla nonna. Una strana zia sordomuta e nubile lavava i panni di tutti e pregava.

Finché il nonno rimase in vita, la vecchia casa di Erto era sempre intasata da montagne di trucioli dentro ai quali ci infilavamo a dormire.

Un giorno di quel '62 - era la vigilia di San Bartolomeo, patrono del paese - mio nonno partì in direzione di Longarone con un grosso zaino sulle spalle. Voleva andare a racimolare qualche soldo per la festa. Mosso forse da un oscuro presentimento, io lo rincorsi fino alla curva delle Spesse e lo tirai per la giacca nel tentativo di farlo desistere da quel viaggio. Per la prima volta mi maltrattò: il male cominciava a incattivirlo. Con uno strattone si liberò di me e riprese il cammino.

Lo seguii con lo sguardo. Camminava deciso.

L'indomani lo aspettavamo per la sagra del patrono. Era agosto, qualcuno ci aveva regalato un'anguria e non volevamo spaccarla senza di lui. Vennero i carabinieri e ci comunicarono che era morto. A Belluno un'automobile lo aveva investito mentre attraversava la strada.

Nel tascone della cacciatora, accuratamente avvolto nella carta, gli trovarono il regalo che ci avrebbe portato: un pollo fritto da mangiare nel giorno della ricorrenza. Era arrivato fin laggiù a piedi nell'illusione di vendere ancora una volta i suoi prodotti e nonostante la quieta follia che piano piano lo stava prendendo non s'era dimenticato di noi.

Aveva ottantatrè anni. Sull'asfalto uno zaino sfasciato, sparsi intorno cucchiai e mestoli di legno.

Il Faggio

Il boscaiolo Santo Corona, detto Santo della Val, aveva sessantaquattro anni quando decise di tagliare il grande faggio. E il faggio di anni ne aveva più di trecento.

Il padre e il nonno di Santo e forse anche il bisnonno si erano riposati sotto la sua ombra.

Il faggio regnava sull'intero bosco. Nessuno aveva mai osato abbatterlo per un motivo molto semplice: l'albero stava sull'orlo di un profondo precipizio che segna il confine orientale dell'aspra Val da Dìach e i boscaioli temevano che segandolo sarebbe precipitato nel sottostante burrone arrecando all'incauto taglialegna lo scherno dei colleghi, nonché una grave perdita di legname per la famiglia.

Ma questi rischi non costituivano un problema per Santo della Val che nutriva cieca fiducia nella sua arte appresa fin dall'infanzia. Aveva incominciato giovanissimo, quando aveva dieci anni, a tagliare mughi nei boschi di Val Zemola assieme al padre e al nonno e il genitore, intuita l'indole del ragazzo, era sceso a Maniago dai famosi battiferro per farsi forgiare una piccola *manera* adatta alle giovani braccia del figlio. Da quei giorni lontani l'unico mestiere di Santo e il solo che sapesse fare, fu quello del boscaiolo.

Era anche emigrato all'estero e aveva trascorso

parecchi anni a tagliar piante in Francia e in Austria. Si racconta che in Austria, il primo giorno di lavoro, qualcuno mise in dubbio la sua perizia con la scure. Lui non aprì bocca. Lo videro affilare l'ascia con pietra di Candia. Aspettò la sera e, quando tutti i boscaioli furono radunati nel cortile della baracca-mensa, attirò la loro attenzione con un richiamo. Si rimboccò la parte inferiore dei pantaloni fino sopra al ginocchio e, con un deciso, tremendo colpo, diresse a piena forza la *manera* contro la gamba. Quando i boscaioli atterriti riaprirono gli occhi, convinti di vederlo senza l'arto, scoprirono stupefatti che la micidiale rasoiata aveva asportato solamente i peli del polpaccio. Una precisione così diabolica non si era vista, e da allora Santo venne rispettato. Forse è solo una leggenda, ma da noi si ama crederla vera.

Rientrato al paese si mise in proprio, a lavorar da solo. Non volle mai fare società con altri tagliaboschi: asseriva che in due si è già troppi, tranne nel caso in cui il secondo sia una bella donna.

Negli ultimi anni non tagliava più legna per denaro, ma l'amore verso i boschi teneva accesa in lui la passione per quell'antico mestiere.

Si accontentava di procurarsi la scorta utile all'inverno e donava la legna in esubero a qualche vecchio bisognoso.

Verso la metà di un novembre freddo e limpido, prese la decisione di tagliare l'enorme faggio. Due motivi lo convincevano a farlo. Il primo era un'idea che covava da anni: accettare quella sfida che nessun boscaiolo aveva mai osato raccogliere.

L'albero stava sul precipizio e farlo cadere verso monte era impresa assai difficile. L'altro motivo, più importante, era quello di abbreviare l'agonia della pianta. Il faggio era stato visitato dal picchio che ne aveva bucato la corteccia aprendovi fori grossi quanto un bicchiere. Quando il picchio si mette a bucare una pianta significa che questa è alla fine: nelle fibre la vita è malata e al centro il midollo è già spento. Anche se in primavera l'albero metterà nuove foglie sarà solo per sorridere a quello che gli rimane di vita: ancora qualche anno e poi morirà. Nessuno saprà mai per quali misteriose percezioni il picchio capisce quando una pianta sta per morire. Lui la morte la vede in anticipo, quando non c'è ancora nessun segno all'esterno. Inizia a scavare perché sa di trovare all'interno il legno molle e marcito. Così potrà infilarsi facilmente nel tronco e deporvi il nido.

Santo della Val voleva abbreviare la sofferenza della pianta, e così decise. Spese la prima giornata a sistemare gli attrezzi. Affilò la lunga sega munita di maniglie alle estremità. Poi affilò la *manera*, la sua *manera*: la mitica Müller che aveva acquistato in Carinzia.

«Sono le *manere* più buone del mondo - diceva. - Hanno fusa all'interno una lamina d'argento per dissipare le vibrazioni.»

Preparò anche dieci cunei usando un legno duro e tenace: il maggiociondolo. Mise nel sacco la mazza di ferro. Quando tutto fu pronto, un mattino di novembre - era il quattordici - si recò con gli arnesi sul posto. Le foglie erano ormai quasi tutte cadute e i boschi, diventati trasparenti e puliti comunicavano l'idea di un quieto riposo. Il freddo, già sensibile, pungeva e nell'aria circolavano respiri di inverno imminente.

Impiegò mezza giornata a studiare l'albero. Si sedette a una decina di metri dal tronco e lo osservò. Stimò che alla base il diametro fosse di almeno un metro. Si accorse per la prima volta che il faggio pendeva leggermente verso il vuoto. «Brutta faccenda - pensò -, dovrò usare il paranco.»

A circa un metro e mezzo d'altezza la corteccia recava impressi dei segni. Erano il ricordo di viandanti passati che con il temperino avevano inciso i loro messaggi. La linfa aveva guarito presto quelle ferite e la pianta crescendo le aveva assorbite in sé, rendendole quasi indecifrabili. Ma in mezzo a quella confusione di geroglifici, unico scampato alla forza del tempo spiccava netto e leggibile il segno di un cuore con al centro due lettere: una M e una F. Andò con la mente a cercare i due sconosciuti le cui iniziali stavano scolpite in quell'annuncio d'amore da chissà quanti anni.

«Dove saranno finiti? - si chiese - Forse hanno smesso di amarsi, forse uno dei due è morto, o entrambi, o, se sono vivi, saranno comunque molto vecchi.»

Lo prese la nostalgia al pensiero che la vita nel suo fluire consuma il corpo e spegne i sentimenti. Anch'egli una volta aveva inciso due lettere su un albero nei boschi della Stiria, ma la cosa era finita male e lui era rimasto solo.

Accese la pipa e guardò ancora il faggio. Questi a sua volta lo fissava solenne. La cima altissima nel cielo di metallo si muoveva lentamente all'alito di una brezza leggera. Quel faggio secolare aveva visto camminare sotto di sé generazioni di boscaioli, passare file di montanari che andavano a falciare i fieni a casera Galvana o alle cime Centenere. Mai però un bambino s'era fermato a giocare con lui perché c'era il pericolo del burrone sottostante. Di questo il faggio aveva sempre sofferto e non se la prese più di tanto quando il picchio cominciò a percuoterlo. A volte la vita ci colloca in posizioni che non abbiamo scelto noi, ma che ci costringono, nostro malgrado, all'isolamento perché costituiamo un rischio per chi ci avvicina.

A mezzogiorno Santo della Val, non senza un po' di emozione, iniziò il primo taglio. La luna di novembre rimpiccioliva nella fase calante: il periodo più bello per il lavoro nel bosco. Con la sega a mano, Santo praticò un taglio nell'albero dal lato verso il dirupo, facendo entrare la lama fino oltre la metà del tronco. Quest'operazione gli costò parecchie ore di sforzi e quando sollevò il capo s'accorse che il cielo imbruniva. Nascose gli attrezzi e si avviò verso casa. «Domani sarà il giorno buono - pensava mentre scendeva dal costone -. Dovrò stare molto attento: è un abbattimento difficile. Se mai nessuno si è azzardato a tentarlo, significa che il rischio di fallire è grande. Basta un minimo errore e mi andrà giù nell'abisso. Ma io so come prenderlo. Ne ricaverò più di quaranta quintali di legna.»

Dormì poco quella notte. Il faggio lassù lo aspettava, vecchio e malato, ma ancora forte e pronto a combattere. Quella torre ferma e silenziosa gli procurava una sottile angoscia. Sarebbe stato meglio vedersela con esseri in movimento così da poter tentare di intuirne i gesti o le reazioni. Chi sta zitto e immobile guardando fisso senza reagire disorienta alquanto, perché non lascia capire come o quando farà partire la mossa.

L'indomani portò su il paranco. Imbragò l'albero a metà altezza con le funi e fissò i capi attorno a un grosso ciocco. Dopodiché, azionando la leva del marchingegno, mise le corde in tiro. Piazzò otto cunei nel taglio prodotto il giorno prima e con la mazza li picchiò finché furono entrati bene. L'albero tranquillo lasciava fare. Finalmente attaccò con la Müller a battere colpi precisi e ritmati dal lato opposto al taglio della sega. Picchiò molte ore, tanto che la *manera* quasi scottava. Quando la presa sull'attrezzo veniva meno, inumidiva con la saliva i palmi delle mani e riprendeva con lena. Grosse schegge frullavano nell'aria e dopo un breve volo sparivano nel baratro come stelle cadenti. Nelle pause, asciugando il sudore, si concedeva una pipata e un sorso di vino.

Mano a mano che la breccia si avvicinava all'ultimo diaframma la tensione in lui cresceva. Era cosciente che la sua azione stava per liberare l'immota potenza del tronco. Ogni tanto si allontanava una ventina di metri per scrutare da distante se vi fossero movimenti nel bestione. Nulla. L'albero era sempre fermo. Allora muoveva la leva del paranco a tendere maggiormente le funi per costringere il tronco a inclinarsi verso monte, poi con la mazza picchiava sui cunei in modo da non perdere nulla dell'esilissimo spostamento guadagnato. Taglia, tira e batti, andò avanti tutto il giorno. Verso l'imbrunire avrebbe potuto concludere, ma preferì rimandare all'indomani.

«Per oggi basta», pensò.

Quella notte dormì. Ormai era sicuro di avere la vittoria. Già sentiva i commenti ammirati della gente perché era riuscito a fare tutto da solo.

Il giorno successivo - era il sedici novembre - salì al bosco un po' più tardi del solito. Mentre batteva i primi colpi, l'ansia venne a infastidirlo. Ne aveva tirate giù di piante nella sua carriera, ma ancora non si era abituato alla visione di un albero che cade. Quando comincia a inclinarsi si ha l'impressione di aver compiuto un delitto, di aver passato il punto di non ritorno, la sensazione di qualcosa di irreparabile. E si prova paura. Poi, dopo lo schianto, tutto rientra nel silenzio.

Gli ultimi colpi di *manera* scandivano il mezzogiorno assieme alla campana del paese quando l'enorme faggio dette segno di vita e per la prima volta parlò. Ebbe un sussulto che lo scosse fino alla cima mentre dal ceppo alla base del taglio usciva un tremendo scricchiolio. Passò qualche secondo e tutto tornò immobile. Dopo un po' per l'aria filò un tenue lamento. Erano le funi del paranco che si tendevano all'inverosimile. Santo della Val le fissò esterrefatto.

«Ma come? - pensò - se l'albero sta per cadere a monte le funi dovrebbero allentarsi, non tendersi!»

Invece le funi urlavano sempre di più.

«Maledizione! - imprecò (anzi, per la verità pronunciò una bestemmia) - Il vento! Non ho tenuto conto del vento!»

Una brezza gagliarda infatti scivolava in quel momento dai bastioni del Lodina ad accarezzare la valle. Santo capì che la partita era perduta e in quell' istante si rese conto di essere vecchio e solo.

«Maledetto vento», sibilò.

Con le braccia protese verso l'alto si lanciò contro la pianta nell'istintiva illusione di fermarne la caduta contraria. Le funi scoppiarono liberando nuvolette di polvere che si dispersero nell'aria. I canapi impazziti si lanciarono con guizzi da serpenti irritati a ghermire il boscaiolo. I cunei, schiacciati dall'enorme pressione, schizzarono fuori dal loro alveo come proiettili. Il bisonte del bosco ebbe una sbandata, si fermò un attimo, quasi ghignante, poi, muovendosi come un'immagine ripresa al rallentatore, rovinò nell'abisso con un boato assordante.

Lo trovarono il giorno dopo, ancora abbracciato al tronco, avvolto in un groviglio di corde come il capitano Achab alla balena bianca.

Da quel giorno ogni anno a novembre, nelle notti di luna calante, in fondo alla Val da Dìach, si sente picchiare la scure d'argento di Santo Corona alle prese con il suo faggio per l'eternità.

La Mina

Ogni autunno si effettuava il taglio del bosco. Occorreva procurare il combustibile per scaldare le case nei lunghi inverni montani. Neppure oggi, che il calore viene prodotto dal gasolio, i montanari hanno tradito la sana abitudine del riscaldamento a legna.

Si tagliano prevalentemente faggi e carpini, ma anche vecchi larici, ciliegi uccisi dalle gelate o altri tipi di alberi. La raccolta non è mai rapina selvaggia e senza scrupoli, ma si effettua rispettando il bosco quanto più possibile. Si ha cura di abbattere le piante vecchie, quelle che mostrano segni inequivocabili di malattia - perché anche gli alberi s'ammalano e muoiono come noi - e quelle storte, incurvate dall'ira dei venti. Oppure, dove la famiglia è troppo numerosa, la si sfoltisce lasciando vivere solo tre o quattro fusti. Operando in modo intelligente e affettuoso i boschi crescono nello splendore rigoglioso della salute e regalano ogni anno una generosa raccolta di legna.

Gli abitatori dei monti però, notoriamente abili nell'usare quel cervello fino che s'accompagna alla scarpa grossa, avevano intuito che il taglio comportava anche uno spreco. Segata la pianta, una parte di essa, il ceppo, rimaneva occultata sotto terra. Ed il ceppo è un materiale eccezionale: duro, compatto, di forte resa calorica. Era un peccato lasciarlo là sotto. Il problema era come strapparlo all'abbraccio della natura, perché non è poca la profondità in cui si nasconde il nucleo originale dell'albero. La ceppaia si espande nel sottosuolo per qualche metro prima di dividersi in grosse radici che vagano in cerca di cibo. Ai montanari, oculati risparmiatori e depositari di un senso pratico del vivere, non garbava che la terra si tenesse quel prezioso tesoro. S'ingegnarono allora nel recupero degli enormi ciocchi per cavarne legna da ardere e incominciarono a scavare per liberarli e trarli fuori dal loro alveo. Era un lavoro paziente e faticoso; quando il terreno gelava, picconare diventava un gesto da forzati. Ad ogni colpo l'attrezzo rimbalzava irritato, mentre rabbiose schegge di terra e ghiaccio sprizzavano sul viso. Per questa ragione era preferibile scavare a primavera, col disgelo.

Il ceppo non abbandonava la madre terra finchè l'ultima radice non veniva recisa. Una volta estirpato occorreva pulirlo dai sassi incastrati per non rovinare il filo degli attrezzi. Infine, con la sega a mano, tirandola uno di qua e uno di là, si riduceva il mostro dai lunghi tentacoli in pezzi del peso giusto per essere trasportati a spalle. Tutta l'operazione comportava un lavoro improbo che esigeva tempo e fatica, e se di tempo c'era abbondante disponibilità, per la fatica non correva molta simpatia, allora come oggi.

Il nome di colui che ebbe il colpo di genio di usare le maniere forti è rimasto nel mistero. Io ho avuto la fortuna di aver zappato poco attorno ai ceppi grazie a questo sconosciuto, inventore di un metodo che fece lavorare la dinamite al posto nostro. Durante la costruzione della diga era facile per i boscaioli, trasformatisi in solerti operai, far sparire qualche cassa di esplosivo. Credo che a quell'epoca quasi ogni famiglia ne tenesse una scorta come teneva la farina per la polenta. Probabilmente fu uno di questi lavoranti che applicò per primo l'uso degli esplosivi per divellere senza fatica le testarde radici dalla terra.

Prima di raccontare questa storia di ingegno alpestre, per il quale l'undicesimo comandamento era "arrangiarsi", mi sono informato da un amico magistrato per sapere se, a più di trent'anni di distanza, quei lontani reati fossero caduti in prescrizione. Avuta conferma positiva e dissipato il timore di vedere un vecchio varcare la soglia della galera e finire dietro le sbarre, ho deciso di ricordare.

Qualche giorno prima dell'"attentato dinamitardo" effettuavamo un giro di ispezione per censire i luoghi dove le ceppaie da far brillare dormivano, strette nell'abbraccio del suolo. Curavamo di scegliere quelle isolate per non danneggiare altre piante nello scoppio. Scoperte le più grosse, quelle che a prima stima promettevano di rendere un bel po' di legna, tornavamo a casa a preparare l'occorrente.

Mio padre deponeva la quantità di dinamite che riteneva necessaria in una borsa di tela da portare a tracolla. Nella vita aveva fatto carriera come minatore fuochino e sapeva con precisione quanto materiale serviva a dilaniare il ciocco prescelto.

Molte volte bastava anche un solo candelotto ripartito in più pezzetti. Insieme alla dinamite, riponeva nella borsa anche un rotolo di miccia. I detonatori, che dovevano stare assolutamente separati dall'esplosivo, li metteva nel taschino interno della cacciatora per proteggerli da urti accidentali.

Io prendevo la trivella da tronchi. Era un attrezzo speciale modificato appositamente per noi da un fabbro del paese che vi aveva aggiunto, saldandolo per bene, un pezzo di asta d'acciaio, rendendo così l'utensile più lungo di quello che era in origine, in modo da poter praticare fori molto profondi. Io mi sentivo importante per essere chiamato a far parte di quel gioco dalla potenza devastante. Anche se il mio compito era solamente quello di far girare la trivella, mi ritenevo un vero duro, rispetto ai miei coetanei.

A turno ruotavamo l'attrezzo che s'infilava lentamente nella polpa del tronco e, poco per volta, penetrava giù verso il cuore. Praticavamo dai tre ai cinque buchi che sondavano le viscere del ceppo fino a un metro di profondità. A quel punto, mio padre valutava la carica da impiegare e incominciava a spezzare i candelotti. All'interno contenevano una mistura gelatinosa simile per densità e colore alla marmellata di ciliege. Le prime volte mio padre mi avvertì di non respirarne l'odore per evitare forti mal di testa o addirittura leggere epistassi. Non ci credevo e volli provare: il malanno arrivò, puntuale.

Mio padre preparava quindi i detonatori, infilava la miccia nei piccoli tubicini d'alluminio grossi quanto una biro e lunghi circa cinque centimetri, e la bloccava schiacciando con i canini, che allora possedeva, il bordo del detonatore stesso. Il tutto veniva poi premuto dentro la pasta del candelotto che a sua volta scompariva, spinto da un bastoncino, nel foro della ceppaia. I buchi si tappavano con l'argilla o con terra fina, avendo cura di non picchiare troppo forte col bastone. La lunghezza della miccia e quindi la sua durata veniva calcolata sulla base della distanza dal punto più sicuro per ripararci: la miccia era lunga se il posto sicuro era lontano, corta se vicino.

Dopo aver collegato assieme tutte le cariche, mio padre estraeva l'opinel, il temperino francese oggi più che mai in voga, e incideva nel capo della miccia un taglio per lungo, necessario per accenderla meglio. A questo punto c'era il cenno d'intesa per *fuocare*. Prima però, per avvertire qualche eventuale ignaro passante, lui lanciava a piena voce, allungandolo nel finale, il grido:

«*La minaaaa...!*»

Se nessuno rispondeva, dopo un po' accendeva la polvere. Con uno scatto di serpe stizzita la corda s'inarcava e, con un sibilo inquietante, il fuoco partiva velocissimo all'interno del cavo, per andare a raggiungere il centro dell'inferno. In quegli attimi sospesi nella paura che qualcosa potesse andare storto, in me scattava prepotente l'istinto di conservazione che mi faceva volare verso il luogo di riparo. Mio padre invece, esperto conoscitore di esplosivi e affini, avanzava piano, arrotolandosi l'inseparabile sigaretta (non l'ha mollata neanche adesso, dopo due interventi alla gola per cancro da fumo). Non capivo dove trovasse tanta calma e tranquillità. Le prime volte, spaventato, lo incitavo a muoversi urlandogli di fare presto.

Lui non mutava il passo e arrivava da me lentamente, sorridendo sicuro.

Invidiavo il suo coraggio che coraggio non era, ma sicurezza nella sua esperienza di minatore. Questo lo capii più tardi. Col tempo e dopo parecchie esplosioni precedute da precipitose fughe, cominciai a prendere confidenza con l'arte di Pietro Micca. Un po' alla volta cominciai a fuggire sempre meno dalla miccia che bruciava. Volevo riuscire a dominare l'affanno e a pormi in salvo senza correre tutto agitato. Cercavo di resistere il più possibile sfidando il tempo di combustione che scorreva inesorabile, ma ad un certo punto non reggevo più all'angoscia e scattavo verso il riparo. Mio padre sghignazzava beffandosi delle mie paure e a volte, per terrorizzarmi, mi teneva bloccato per i polsi vicino a sé, impedendomi di scappare fino a quando non gridavo per lo spavento.

Acquisita un po' d'esperienza, imparai a guidare i cavalli dell'ansia e della paura, imponendomi di sostare ogni volta un attimo in più nell'attesa della deflagrazione. Mio padre se ne accorse e innescò una sottile sfida, sempre nei limiti della sicurezza, per allenarmi all'esercizio della calma.

«Non devi agitarti, - ripeteva - non devi agitarti, neanche se stai per crepare, capito?»

Non era facile, ma dopo parecchie esplosioni ragionate arrivai a scappare dopo di lui, se pure ancora con qualche tremore. Negli ultimi periodi, difficilmente mi batteva e se ciò capitava era perché astutamente avanzava dei dubbi sulla bontà delle micce, insinuando in me un sospetto di pericolo che mi faceva perdere il confronto. In seguito imparai a valutare da me l'efficacia dei materiali e non mi fregò più. Infatti a parità di coraggio io possedevo maggiore velocità di gambe e lui doveva partire prima se non voleva essere dilaniato. Una volta lo umiliai dicendogli che se proprio insisteva mi sarei seduto sul ciocco innescato e vi sarei rimasto fino all'esplosione. Non digerì quella arrogante provocazione e mi prese a calci. O forse si spaventò credendomi capace di farlo.

Mentre eravamo al riparo attendevo trepidante l'esplosione che ogni volta mi prendeva di sorpresa. Nei minuti che la precedevano, la mente cercava di sincronizzarsi con l'istante del botto ma non vi riusciva mai e la deflagrazione avveniva sempre improvvisa e violenta da fermare il cuore.

Nel cielo compariva un grande cerchio di fumo azzurro, mentre tutt'attorno si udivano i tonfi dei pezzi di legno che ricadevano al suolo dopo essere stati sbriciolati e lanciati in aria a centinaia di metri. Il boato rimbombava a lungo per le valli. Nel luogo del vecchio ceppo scomparso si formava un cratere profondo quanto una persona. Le schegge di legno sbrindellato giacevano sparse su un vasto raggio di terreno: per la prima volta dalla loro nascita erano emerse nel fragore a vedere la luce del mondo. Sembravano brandelli di carne biancastra sputata dalle fauci di un mostro infernale.

Il vecchio ed io radunavamo i pezzi in una catasta provvisoria. Il compito di portarli a casa era affidato a noi ragazzi: l'artista della mina aveva ormai esaurito il suo gesto creativo e non si degnava di fare altro. Raccoglievamo le grosse schegge ad una ad una, caricandole nelle gerle e, un viaggio dopo l'altro, le trasportavamo a casa affastellandole in ordine contro la parete rivolta a sud. Quando i pezzi di legno si erano asciugati, li spostavamo nella legnaia, liberando il posto per i morti dell'incursione successiva. Era un combustibile eccezionale che sprigionava due volte tanto il calore delle piante in superficie.

Questa attività rumorosa si estinse silenziosamente dopo la tragedia del Vajont. Eravamo al centro dell'attenzione universale e non era prudente provocare detonazioni. Riprendemmo il lavoro dopo qualche anno di assistenza sociale: intanto erano comparse le motoseghe e quasi tutto si adeguò all'ordine legale. Personalmente non ho rimpianti per quel metodo di lavoro, ma devo convenire che a quei tempi fu un'idea davvero esplosiva. Ogni tanto, quando la fantasia tende al masochismo, provo a immaginarmi quella pratica applicata ai giorni nostri. Che effetto farebbe sentire, in un tiepido meriggio d'aprile, la quiete della valle squassata da un boato impressionante? Scatterebbe la Digos per verificare di che cosa si tratta. E quando noi, candidamente, le braccia penzoloni, confessassimo agli agenti che stavamo facendo legna, forse sarebbero mossi a pietà e molto solertemente, senza indugi, ci verrebbero in aiuto come ai tempi dell'assistenza...

Il Pero e il Melo

Quando venne deciso di abbattere il pero e il melo, ci rimasi male. Per più giorni tentai di convincere mio padre a lasciarli stare. Ma lui, mentre aspettava il calar della luna con la scure affilata, si ostinava a ripetere che erano secchi in piedi e che non servivano più a niente.

Era vero. I due alberi che segnavano il confine del cortile erano morti da mesi. Anche se le radici cercavano ancora vita sotto la terra, sui rami non cresceva più nulla. Le radici sono come le mamme che insistono fino alla morte nell'aiutare i figli in difficoltà, ma il cocciuto senso materno non bastava a far tornare i frutti sui rami rinsecchiti, e il verde del fogliame non ombreggiava più la casa nei giorni d'estate. Solo il melo, a tarda primavera, riusciva a mettere ancora tre foglioline su un ramo avvizzito, ma era una vita in apnea, di breve durata, e le foglie cadevano dopo pochi giorni.

Avevano incominciato a lasciarsi andare quando fummo costretti dagli eventi a chiudere la casa e partire. Dopo il disastro del Vajont i superstiti furono sfollati in altri paesi, lasciandosi morire anche loro un po' alla volta. Senza più le voci della gente, senza le mucche che si grattavano contro la corteccia, senza i volti della contrada, senza i bambini che montassero sui rami a cogliere i frutti, il pero e il melo decisero che era meglio farla finita. E venne la malinconia ad ucciderli.

Quando tornammo dopo quattro anni, il cancro aveva già le sue metastasi, ma sembrarono felici di vederci. Si accorsero che uno di noi tre mancava e si intristirono un po'. Nei giorni che seguirono il nostro ritorno ebbi l'impressione che volessero riprendersi, ma fu un breve guizzo di vita in quell'ultima primavera.

«Sono anche brutti a vedersi» diceva mio padre mentre già stabiliva il giorno del taglio.

Evidentemente la decadenza cancella l'affetto nelle persone, altrimenti non saprei spiegare perché si portano i vecchi a spegnersi nella tristezza degli ospizi. E perché si decide che un albero morto non è più bello. Che non è più utile. Se la vecchiaia abbrutisce il corpo umano, nelle piante è diverso: un tronco secco, con lo scheletro fermo nel vento e i rami che graffiano l'aria, è una scultura bella e inquietante, che fa riflettere. Inoltre può ancora ospitare la sosta degli uccellini in volo. Eppure nei cortili, negli orti e nei giardini, gli alberi morti vengono abbattuti. Forse perché sta scritto da qualche parte: l'albero che non dà frutti va tagliato.

Questo non avviene nei boschi dove è il tempo che riduce in polvere le piante, piano piano, un po' alla volta, rispettandone la dignità.

«Ne pianteremo altri due», insisteva mio padre, fermo nella convinzione che gli amici scomparsi si possono rimpiazzare con altri nuovi.

Per me il pero e il melo erano due vecchi e cari compagni. Si diventa amici di qualcuno o di qualcosa prima di tutto per iniziale simpatia. Poi il sentimento cresce nutrendosi col pane della vita. Diventerà forte dopo aver scambiato gioie, dolori, ansie, paure, odio, amore, ovvero emozioni. Peccato che con i nostri simili non duri molto: solo nella natura ho trovato l'intesa perenne, poiché la natura perdona sempre e sorride ai deleteri mutamenti dell'animo umano.

Assieme ai due alberi del cortile, ora minacciati dalla logica dell'uomo, avevo trascorso quel periodo di tempo fondamentale che va dall'infanzia all'adolescenza. Per me non erano morti. Erano nudi e malridotti ma non morti e mi parlavano ancora con voce che esprimeva una lingua misteriosa e dolce, sconosciuta alla moltitudine.

Correva un mese che portava nel cuore le feste pasquali quando il genitore decise che era ora di tirarli via. Tutti gli alberi là intorno avevano iniziato la fioritura e solo i due sfortunati si mostravano miseramente spogli: sembravano barboni in mezzo a una folla di signori vestiti a festa. Nel tranquillo e ordinato branco sociale i "diversi" si notano immediatamente e irritano l'acuto senso estetico dei vigili custodi dell'armonia del mondo. Allora si provvede ad emarginarli, isolarli, abbatterli poiché essi emergono come fastidiose protuberanze nel piatto mondo degli arrivati. E così l'uomo, orrendo essere pensante e malvagio, s'arroga il diritto di decidere vita e morte su tutto il creato.

Il primo colpo d'accetta toccò al melo. Era un Venerdì Santo, una di quelle magiche giornate di primavera in cui tutto prende vita e l'eterno pessimismo s'addormenta, mentre ti convinci che val la pena di restare. La scure, guidata dalla mano avvezza a troncare, entrava decisa nei corpi senza vita delle piante.

Mio padre mi chiese di aiutarlo nell'opera ma io rifiutai. Ormai ero cresciuto, non lo temevo più e quindi potevo decidere con la mia testa.

Quando caddero, le fragili ossa rinsecchite si frantumarono liberando i ricordi rimasti impigliati fra i rami. Io nutrivo particolare affetto verso il melo. Da bambino ero stato letteralmente legato a lui: nell'adolescenza era il mio palo della tortura personale. A mio fratello era stato assegnato il pero.

Da ragazzi eravamo alquanto discoli e per giunta la sorte ci aveva affibbiato un padre che credeva in folli metodi disciplinari. Ad ogni nostra marachella ci propinava una buona dose di olio di ricino e, mentre avevamo ancora in bocca il sapore ripugnante della purga, ci legava, uno al melo e l'altro al pero, con le mani dietro la schiena. Ricordo l'odiosa boccettina piatta, dal bordo sollevato, contenente due once dell'orribile bevanda. E rammento la disgustosa densità di quel liquido che, ironia della sorte, non si poteva trangugiare tutto d'un fiato perché fluiva dalla boccetta al palato con una lentezza esasperante miscelando la tortura con la beffa.

Credo che il nostro si possa annoverare fra gli ultimi casi di gente costretta a ingurgitare olio di ricino per forza. A seconda del guaio combinato variavano i tempi di permanenza legati all'albero. La dose di purgante invece rimaneva sempre la stessa. C'erano mancanze classificate gravi, come la dimenticanza di mungere le mucche, che comportavano fino a cinque o sei ore di prigionia. L'orologio dei fratelli Solari, alto sul campanile, distante una decina di metri da casa nostra, scandiva il tempo di penitenza. A volte cadevano improvvise dall'aria le voci dei bambini che andavano a dottrina. Allora mio fratello, che si vergognava della sua umiliante situazione di prigioniero, abbassava la testa finché non erano passati tutti i monelli. Qualcuno di loro, approfittando della nostra impotenza, ci prendeva in giro con sarcasmo o ci tirava sassolini - a volte i bambini, considerati il simbolo dell'innocenza, sono capaci di una cattiveria disumana - guadagnandosi in cambio la promessa che appena fossimo stati liberi l'avrebbero pagata cara.

Un giorno, una vecchina di nome Angelica, che abitava lì accanto, uscì armata di forbici, decisa a liberarci. Mio padre la affrontò malamente, con urlacci che la spaventarono, impedendole di agire. Si ritirò sconfitta, ma prima di richiudere la porta gli bisbigliò un «vergògnati!» che lo inchiodò.

C'erano stati anche momenti felici trascorsi fra le braccia di quegli alberi. D'estate davano molti frutti. Al momento giusto ci arrampicavamo d'un balzo sui rami a cogliere pere e mele minuscole, ma dal sapore squisito. Capivamo a colpo d'occhio quali erano già mature e con incursioni ripetute ogni due o tre giorni, non lasciavamo cadere un solo frutto.

Arrancando su quelle cortecce, sbrindellandomi la pelle delle gambe, ho compiuto da fanciullo le mie prime arrampicate.

Salivamo d'autunno, d'inverno, d'estate, quasi tutti i giorni, per il puro piacere di trovarci in alto, sospesi nell'aria. Solo in primavera, durante la fioritura, ci veniva proibito di scalare gli alberi per non rovinare il futuro raccolto.

Sono sicuro che ogni alpinista ha iniziato la sua attività da piccolo, inconsciamente, arrampicandosi sugli alberi. E fra quei rami mi rifugiavo inseguito dalle ire di un vecchio del paese che, ronchetto alla mano, cercava di farmi pagare salato il colpo fulmineo che gli aveva fatto schizzare via la pipa dalla bocca sdentata.

Tutti gli anni un cardellino costruiva il nido sul pero. Quando non spuntarono più le foglie, l'uccellino se ne andò.

Un giorno pretesi troppo dalla resistenza di un ramo, ma il bel colore giallo della pera lontana era troppo invitante. Mi spinsi in fuori oltre i limiti dell'incoscienza. Le dita sfiorarono il frutto. A quei tempi credevo ancora nella fortuna: quel giorno capii che non dovevo. Realizzai però l'antico sogno dell'uomo di volare. Atterrai malamente nella sottostante strada di S. Rocco slogandomi entrambe le caviglie. Venni adagiato sulla panca del caminetto. Mio padre non mi chiese se stavo male ma mi rifilò una sonora dose di ceffoni per aver rotto il ramo.

Queste visioni vagavano nel cortile ingombro di rami quel Venerdì Santo quando il pero e il melo, compagni di giochi e di pena, vennero abbattuti. Giacevano distesi sulla vecchia terra nutrice, ridotti in pezzi sparpagliati alla rinfusa. Per me erano stati casa, cibo, montagna, volo, aria, gioco, freschezza, fatica, gioia, dolore, affetto, pioggia, vento. Tutta la terra sta rinchiusa in un albero.

Vibravano i tamburi della sera che annunciavano la via Crucis vivente. Nel paese si perpetua da secoli il rito che rievoca la morte di Cristo: all'imbrunire un uomo viene inchiodato su due tronchi d'albero incrociati. Quel giorno fu costruita una croce con legno di pero e di melo.

I Tira-taie

Dalla creazione del mondo, anno dopo anno, sono trascorsi millenni e millenni, durante i quali si è sviluppato sempre più il progresso tecnologico. L'uomo ha spremuto dal suo cervello le idee per costruire marchingegni atti a risparmiargli la fatica: dall'invenzione della ruota ai giorni nostri è stato un continuo susseguirsi di soluzioni tecniche tese verso l'ideale supremo di eliminare nell'uomo ogni sforzo muscolare. E non sarà mai finita. Oggi, sempre più la ricerca continua, e riesce a produrre nuovi sofisticati macchinari anti-fatica.

Si potrebbero citare moltissimi esempi, ma sarebbe noioso e anche inutile, perché la gente li conosce già. Uno di questi splendidi lussi spianafatiche però mi impressionò alquanto quando lo vidi proposto dalla tivù, qualche anno fa. Si trattava di una moderna abitazione, guarda caso americana, di non so quale miliardario di turno. In quella casa, l'occupante veniva prelevato sull'uscio da servitori-robot, lavato, imbeccato, coccolato, portato davanti al televisore, accudito come un bambino piccolo, e infine messo a letto senza che mai dovesse togliere le mani di tasca.

Nel caso si fosse trattato di un "single" afflitto da solitudine, bastava premere un pulsante - anzi lo premeva il robot - e dalla parete usciva come per incanto una splendida bionda di plastica. Non si specificava però se il fruitore si dovesse muovere da solo o essere tirato sù e giù da qualche marchingegno.

Meraviglioso progresso! Intendiamoci, non sono contro il progresso, io. Anzi, piacerebbe anche a me avere una casa di quel tipo. Ma credo che la rovinerei in breve tempo perchè ho la presunzione di saperne più di chi l'ha inventata. Ad esempio sostituirei subito la signora di plastica con una in carne ed ossa, dando prova lampante di non aver ancora capito niente di evoluzione e tranquillità.

Comunque, di questo passo, a furia di studiare per inventare comodità, braccia e gambe serviranno sempre meno nei secoli a venire, fino a scomparire del tutto, atrofizzate e assorbite dal tronco.

Vivrà allora sulla Terra una nuova specie di uomini priva di arti e fornita di teste rotonde smisuratamente sviluppate. Per spostarsi, quegli esseri dovranno rotolare sulle loro stesse teste come fossero palle da bowling; rotolando pensieri e idee si mischieranno in una paurosa confusione.

Così, una volta giunti a destinazione, questi uomini-testa non ricorderanno più il motivo per cui sono arrivati fin là.

Scherzi a parte, il mondo s'è tuffato da secoli nel fiume vorticoso della tecnologia e non vuole più uscirne. Ogni tanto però da quel fiume si dipartono lateralmente dei rigagnoli pazienti e testardi che intendono seguire una strada tutta loro. Questi ruscelli sono alimentati da quegli uomini non dico contrari al progresso, ma che cercano di sopravvivere limitando al massimo l'uso di mezzi artificiali. Costoro fanno parte della categoria dei cocciuti e si possono trovare ancora in molti campi professionali. Conosco personalmente un discreto numero di questi dannati della fatica, di questi sterratori di Platonov, di taglialegna con l'accetta (la motosega è entrata ormai anche nei film dell'orrore), di scrittori a mano, di camminatori a piedi, di amanti di donne normali. Ma quelli che prevalgono su tutti per volontà, testardaggine, fatica, pazienza e senso artistico del tribolare, sono i boscaioli trascina-tronchi, chiamati in gergo *tira-taie*. Sono veri e propri cavalli umani: nell'esercizio del loro lavoro usano solamente la scure e un apposito chiodo con anello da piantare in testa al tronco, una volta abbattuto e sfrondato, per poterlo trascinare a valle.

Tirare tronchi è dannatamente difficile. È come condurre l'esistenza prevedendone il futuro ed è quindi un'arte non da tutti. Occorre essere addestrati a soffrire fin da piccoli. La pianta, mentre scivola dietro al tuo passo, è viva e bene intenzionata, ma non può evitare tutti gli ostacoli del percorso, e quando non scorre più, bisogna trascinarla. A volte tutto va bene e il tronco fila veloce e senza intoppi, ma più spesso si impunta, si pianta col naso nel terreno, si ferma, si blocca di colpo segandoti la volontà nello strappo della frenata.

Il *tira-taie* è legato alla sua pianta dall'anima della corda di traino che gli trasmette tutte le vibrazioni e quindi le reazioni del legno. Serve però una sensibilità finissima per sentire i messaggi del tronco trascinato onde evitare le sue impennate e le sue rabbiose reazioni. Può succedere ad esempio che un impedimento improvviso blocchi la corsa dell'albero. Guai allora a tirare come forsennati, perché il tronco cederà di colpo mandando l'incauto schiavo con la faccia nella polvere. Senza considerare il rischio per il conducente di venire travolto. Una corda troppo corta farà in modo che talloni e caviglie del *tira-taie* vengano presto scorticati. Se invece è troppo lunga, funzionerà da dissipatore della forza impressa e la pianta coricata non si sposterà di un millimetro.

Tirare tronchi, come vivere, è uno dei pochi lavori in cui occorre impiegare le energie imprimendo forza e togliendola allo stesso tempo. Questa pratica paziente, faticosa e tenace ha modificato nel tempo il viso dei boscaioli. Sui loro volti non appare mai la fretta, l'ansia di far presto, la rabbia o l'impazienza; vi si legge invece una pacata rassegnazione ed allo stesso tempo una determinazione infinita.

Vedere un trascinatore di tronchi in azione provoca nello spettatore ignaro un particolare senso d'angoscia. L'immaginazione va agli schiavi delle piramidi; si stenta a credere che alle soglie del Duemila esista ancora una speciale razza di cavalli umani. Per semplificare tutto basterebbero la motosega, il trattore, il filo a sbalzo, la teleferica o altre diavolerie.

Ma proprio qui sta il senso del loro viaggio a ritroso. I salmoni per sopravvivere devono nuotare contro le cascate e il saltatore in lungo per fare un buon balzo deve andare indietro a prendere la rincorsa. Il boscaiolo *tira-taie* cammina all'inverso per non dimenticarsi che la vita sta nelle sue mani. Intuisce che la pianta è enormemente più forte di lui, ma vuole condurla in porto con mezzi leali. Per sentirsi vivo, ancora valido, ancora forte, non ancora vecchio, curioso sempre di sapere come andrà a finire. Solo così può accettare sereno che la linfa degli anni gli scorra fra le dita.

E quando la corda gli segherà la spalla non sarà troppo triste. Col tempo e con la pratica, ho imparato molte verità dai trascinatori di tronchi ed ho cercato di applicare nel vivere quotidiano la loro filosofia diventando a mia volta un *tira-taie*. In un giorno lontano, uno di questi faticatori dell'inutile, che aveva letto molti libri e che odiava le storie dove si parlava di patate, mi disse citando un racconto di Borges:

«Vedi, noi camminiamo nella realtà come quell'uccello della leggenda, caro ai boscaioli canadesi, che vola all'indietro perchè non gli interessa vedere dove va, ma ricordare da dove è partito».

Le Foglie

Ad ogni ritorno dell'autunno gli alberi lasciano cadere le foglie. Sono stanchi, sfiniti, disorientati dalle carezze di bizzarre primavere e torride estati. Hanno sopportato pazienti, temporali, uragani, venti improvvisi e violenti e il sole di luglio che ha brunito le loro chiome di un bel verde bronzo antico. Ora hanno voglia di riposare, riflettere e apprestarsi al sonno dell'inverno.

In questa fase preparativa devono essere soli, perciò lasciano cadere le loro foglie sulla terra. Prima però di abbandonarle ai venti dell'autunno le vestono con abiti splendidi, tinti di mille colori, caldi e accesi. È il loro ultimo regalo di genitori prima che esse si disperdano, ognuna nel proprio ignoto viaggio. Ma alla nascita ogni foglia eredita geneticamente le peculiarità del padre albero, così che, all'avvicendarsi della morte autunnale, si può capire, dal modo in cui le foglie cadono, il carattere di ogni famiglia chiomata.

Per rendersene conto basta andare nei boschi il mese di novembre, sedersi e ascoltare. Il fenomeno incuriosirà l'orecchio di tutti.

Il larice solitario e malinconico, re dei costoni ripidi, lascia cadere i suoi aghi silenziosamente, al minimo tocco di mano o alito di vento. Gli aghi non volano via ma si depositano ai suoi piedi con brusio lieve di finissima pioggia. Sono riconoscenti verso il genitore e non vogliono morire lontano da lui.

Vi è poi diritto, liscio, bianco e bello, l'acero altezzoso. Le sue foglie, quando cadono, devono farsi notare, come il padre. Allora nel silenzio del bosco si udranno rumori secchi come di cartocci pesanti che piombano in terra. Da lì le foglie vorrebbero andarsene subito a farsi vedere anche altrove, ma i giovani venti non le degnano di un soffio. Solo qualche vecchio refolo stanco e brontolone le muove un po' qua e là, per non sentirsi inutile.

Il duro, contorto, stentato e ossuto carpino è un essere timido e triste. Si vergogna della sua forma senza grazia e se ne sta in disparte, in luoghi impervi e pietrosi. Le sue foglie non fanno rumore a morire; cadono in silenzio e lo fanno anche di notte. Quando sono sul terreno si nascondono tra i sassi che danno vita allo sfortunato genitore.

Il faggio, invece, da incosciente pazzerellone a cui tutto va bene e non si scompone in nessuna situazione, si separa dalle sue chiome così come vive, con allegria e noncuranza. Le manda via ridendo, a sciami interi, leggere e chiassose, fluttuanti nell'abito marrone scuro. Le foglie si sparpagliano dappertutto, senza il minimo rimpianto del luogo natio. Giocano coi venti capricciosi e preferiscono quelli bizzarri e violenti che le portano in ogni dove. Irridono alla morte, le foglie di faggio, e stanno molto unite al momento del distacco. Infatti quando Eolo si riposa nelle grotte di Bozzìa, si possono incontrare nei luoghi più strani cumuli enormi di foglie di faggio, già pronte a ripartire.

Il frassino, bello, elegante e pieno di classe, non ama la monotonia dei luoghi comuni e odia la linea retta. Cresce alto e sinuoso e nelle sue curve si possono intravvedere forme umane. Non si separa dalle foglie prima di aver insegnato loro la danza, ed esse, quando è giunto il momento di andarsene, lo fanno con arte e senza rimpianti, scendendo in terra girando e piroettando con grazia come virtuose ballerine. E non si fermano nel punto di caduta ma vanno lontano, incontro al loro destino, sempre ruotando armoniosamente.

Ma se una di esse, mentre stai nel bosco, si posa per caso vicino a te osservala: noterai nel suo viso cartaceo la malinconia.

Vi sono anche alberi egoisti, cinici, possessivi e dominatori. Quelli che non vorrebbero mai invecchiare e che, come certi genitori, esigono e pretendono che i loro figli siano i più bravi e i più belli, e che mai si allontanino da loro. Un esempio, fra i tanti, è l'agrifoglio. Sempre pulito, perfetto e in ordine, eclatante nel contrasto tra le bacche rosso sangue e le foglie sempre verdi. Il genitore le tiene fissate a se stesso, estate e inverno, e si vanta della sua splendida famiglia. Ma quelle foglie hanno addosso la rabbia e il rancore di non potersi mai muovere, di non conoscere altre foglie e confrontarsi con loro. Sono diventate acide e scontrose come vecchie zitelle; il loro corpo si é fatto ostile e ha preso linee nervose e cattive con il bordo dentato e spinoso. Sul loro viso non vi é tristezza o malinconia ma solo odio e invidia per le fortunate sorelle che possono morire volando via.

Le foglie del pioppo fanno parte della vasta categoria dei figli sfortunati. Il loro padre è un albero disgraziato: non ha nessun pregio, viene evitato da tutti e non è buono nemmeno per fare fuoco. Lui tenta di consolarsi dicendo che dalle sue fibre nasce la carta per i libri, ma dentro di sé sa benissimo che è una magra consolazione. Quando cadono, le foglie del pioppo sono quasi già morte. Vogliono farla finita presto, ancora prima di staccarsi dai rami. Scendono molto veloci perché l'aria non le regge più a causa dei buchi che una vita infelice ha aperto nel loro tessuto. Scompaiono presto nell'humus, e nel loro mesto volo non hanno più alcun colore.

Il maggiociondolo è un albero nobile, fiero e duro. Non è superbo come il noce o il tasso ma molto riservato: un genitore premuroso e fatalista che abbandona le sue foglie con decisione e le concede ai venti autunnali senza rimpianti. Esse abbracciano il terreno con dolcezza in gruppi di tre per volta, tenendendosi per mano come buone sorelle. Resteranno attaccate assieme per molto tempo fino a quando il gelo della terra non verrà a separarle. Nel frattempo il maggiociondolo si sarà addormentato con la coscienza tranquilla.

Il noce è il più antipatico, arrogante, superbo e pieno di boria di tutti gli alberi che conosco. Nel mio lavoro devo vedermela spesso con lui e gli ho chiesto il perché di tanta tracotanza.

«È colpa vostra - ha risposto. - Siete stati voi, uomini incauti, a concedermi potere attribuendomi tutti quei pregi che forse non ho. Come fate, del resto, con molte altre cose inutili. Assegnate valori supremi e irrinunciabili a mille cretinerie per complicarvi la vita. Volete mobili in noce, pavimenti in noce, scale in noce, cruscotti di auto in noce, e perfino la cassa da morto in noce. Con la vostra ignoranza e stupidità mi avete reso potente e ora ne pagate le conseguenze.»

Non risposi.

Le foglie del noce scendono giù con clamore, sprezzanti e fracassone. Nemmeno morendo rinunciano a farsi una sfacciata pubblicità. Volano unite in rametti composti di nove sorelle attirando l'attenzione come per dire:

«Attenti tutti, stiamo crepando ma siamo foglie di noce!»

Però si spengono con coraggio consolandosi nella convinzione che tutto prima o poi deve morire. Una di loro, un giorno che si discuteva di morte, intuì il mio timore e ghignò:

«Non te la prendere, che anche la morte muore, perché quando si muore, muore con noi anche la morte.»

Le foglie di noce non sono più utilizzabili nemmeno nei lavori dei contadini a causa di una vecchia storia.

Una volta, il capostipite di tutti i noci del mondo ebbe un diverbio con una mucca che si grattava con le corna su per la sua corteccia. Volarono parolacce perché neanche la mucca scherzava. Allora il noce stizzito decise di non concedere mai più le sue foglie per fare il letto alle bestie. Da quel giorno se un contadino s'azzarda a usare come strame le foglie di noce, in poche ore le mucche che vengono a contatto con esse non danno più latte.

Non è qui possibile, per ovvie ragioni di spazio e di conoscenza analizzare i momenti ultimi di tutte le foglie della Terra. L'osservare questa realtà però mi ha fatto riflettere. Ho notato come sempre in natura esistano esseri fortunati e altri disgraziati, oppure brutti, potenti, miseri, simpatici, meschini e così via. Anche nel regno vegetale, come in quello degli uomini e in tutto ciò che ha vita, c'è chi muore in silenzio e chi se ne va con clamore di trombe. Ma so anche per esperienza che quando quest'inverno andrò a camminare nei boschi ormai spogli, di tutte quelle foglie non vi sarà più traccia. Colori, profumi, brusii, silenzi saranno scomparsi in un'unico, informe strato incolore. E verrà allora la prima neve a coprire col suo bianco velo pietoso quei miliardi di morti diversi, diventati ora tutti uguali.

ANIMALI

Il Cuculo

Il vecchio amico è tornato. Quello che attendi ogni anno con affetto è riapparso. S'è fatto vivo improvvisamente e, come al solito, ha ripreso a cantare nella selva.

Il primo cuculo non manca mai all'appuntamento. Ce ne sono tanti di cuculi nei boschi ma si ha l'impressione che a cantare sia sempre uno solo. Che piova o nevichi, o scenda il vento dalle creste rocciose, lui è puntuale. Un mattino d'aprile ti alzi, esci a prendere la legna per la stufa ed eccola, improvvisa, la voce del suo canto che apre il cuore alla gioia. *Cucù, cucù*. È l'annuncio della nuova primavera, dei germogli in fiore, dei nidi, del sole radente, delle api, dei galli forcelli in amore, della vita che rinasce.

L'inizio dell'anno non cade il primo gennaio, ma nel mese d'aprile. Anche il ruscello riprende a cantare scrollandosi di dosso gli ultimi frammenti di vetro, i cristalli ghiacciati dell'inverno che soffocavano la sua voce.

Un giorno mi trovavo sul passo Sant'Osvaldo, fra i paesi di Erto e Cimolais; dovevo salire il monte Lodina. Con me c'era un amico di Milano, cinquantenne, ingegnere, a volte anche cliente d'arte e di roccia. Un sole nascente spintonava il Monte

Cornetto, voleva uscire fuori dal costone che lo nascondeva. Il cuculo cantò molte volte. Cantò con la sua voce malinconica e un po' triste, con quella voce dal suono vicino e dall'armonia così lontana da sembrare un addio. Quella voce che pare ammonirci con dolcezza a non sprecare i giorni poiché la primavera dura poco.

L'ingegnere non lo sentiva. Dovetti attirare la sua attenzione su quel canto. Allora lui, invece di ascoltare, si impegnò in una dotta e noiosa descrizione del cuculo e delle sue abitudini. Mi fece pensare allo zelo di quegli aridi compilatori di guide alpinistiche che per spiegarti come salire sulla cima di un monte cominciano col descriverti minuziosamente la sua composizione geologica. Se non lo avessi fermato avrei finito col conoscere anche il numero delle piume che coprivano il volatile. Non riuscii a evitare però di apprendere dall'erudito che la bestiola è un parassita.

Tutto ciò non mi interessava; a me dava allegria udire il suo canto e basta. Al termine della gita il mio cliente non offrì nemmeno una birra alla povera guida abusiva. E dire che parlava di parassiti.

L'escursione si rivelò diversa da come l'avevo pensata.

Il cuculo è ritenuto un lazzarone perché depone le uova nei nidi degli altri uccelli e poi scappa. La sua non è una colpa: è stato creato così dal grande architetto cosmico. E se è stato creato così vi è un motivo ben preciso. Perché scervellarsi per scoprirlo? Forse il mondo è troppo pieno di sapienza inutile: si impiegano anni di studi per capire come mai la formica si muove in un certo modo e intanto si perde la sensibilità nei confronti di quel piccolo insetto quale parte del creato. Contemplare la formica semplicemente, sapere che esiste, è vivere in armonia il breve tempo che ci è dato in questa vita.

L'erudizione dell'ingegnere, oltretutto, si accompagnava a ridicole superstizioni. Alle Buse di Lodina, si levò da un arbusto una civetta. L'amico impallidì e dopo un po' sentenziò che ci aspettavano giorni di disgrazie e di morte. A impressionarlo in modo particolare fu il fatto che fosse apparsa di giorno. Io credevo che queste sciocchezze alloggiassero solo nella testa antica di qualche montanaro. Ma andiamo! La civetta è un'amica silenziosa e leggera, compagna discreta del camminatore notturno. Vive ai confini della notte col giorno, guardiano invisibile della vita e della morte. Dissi all'ingegnere che io ero pronto a morire sempre e ovunque, cantassero o meno le civette.

Cercai di spiegare a quell'uomo sapiente e insicuro che la primavera è una stagione bella e difficile: una stagione di partenza.

Ma più gli anni passano e più diventa arduo iniziare daccapo. Certi giorni di primavera il pessimismo vince su tutti i fronti. Arriva lo sconforto e si incomincia a fissare l'orizzonte. Perché in primavera siamo nuovi, siamo deboli, stiamo per partire. Giova allora sedersi in una radura, luogo magico delle selve, dove il tempo si ferma sospeso; sedersi e aspettare. Aspettare con calma, pazienti, magari assieme a un libro. Lui arriverà presto. *Cucù, cucù*. È una voce che scende giù, in fondo all'anima. Proprio giù, lontano, dove rare volte si viene visitati. È un sito non logorato dai tradimenti della vita, un angolino pulito in cui trovano salvezza i sentimenti che noi rincorriamo per uccidere. E in quei momenti capisci che val la pena insistere, che esiste ancora qualcosa di buono, che si può ancora restare.

Il cuculo è un vero amico. Uno che arriva sempre al momento giusto. Uno che con la sua malinconia ti tira fuori dalla tua malinconia. Tutto il creato è in simbiosi con noi nel semplice grande fine di darci una mano. Purtroppo va perdendosi sempre di più l'antica istintiva capacità di percepire le voci e i colori della terra, e farne medicina. Basterebbe un geranio sul davanzale di casa per sentire il canto del cuculo anche in città. Ma occorre fermarsi e ascoltare, magari solo pochi minuti al giorno. Può capitare allora che all'improvviso si ritorni indietro, come al tempo in cui eravamo bambini e tutto ci sembrava bello. È il canto del cuore che risponde al richiamo del cuculo. È il segnale che qualcosa è andato giù, in quel luogo remoto dell'anima. Le voci di primavera sono il diluente che impedisce alle scorie dei fallimenti, delle delusioni, del pessimismo di occludere il minuscolo passaggio verso quel magico luogo, verso quella terra lontana e ancora pulita, sempre così difficile da raggiungere, dove trovano rifugio i sentimenti buoni quando noi li rincorriamo per ucciderli. Una di queste voci è il canto del cuculo.

Il Gallo Forcello

Quand'ero bambino, mio padre mi portava a caccia sui monti. D'autunno s'andava a camosci e caprioli, d'inverno con le fiale di cianuro si uccidevano martore e volpi, che lui chiamava con seria pronuncia i "nocivi". Nocivi a chi? - mi chiedo oggi. Quelle timide presenze, sempre furtive e discrete, batuffoli leggeri sulla neve, non nuocevano a nessuno.

A primavera invece, nei mesi di aprile e maggio, andavamo a galli forcelli. In questa dolce stagione i maschi vivono il periodo dell'amore ed è quindi più facile avvicinarli e colpirli. Una volta cresciuto e capita la bestialità di tale pratica ho smesso senza rimpianti; allora però era quasi d'obbligo raccogliere l'eredità dei padri, cacciatori o bevitori che fossero, e guai a colui che, consigliato da qualche favilla di sensibilità, osava rifiutarsi.

Crescendo così a dosi di brutalità, veniva alterandosi nel codice genetico l'istinto buono di convivere con la natura. Ogni pratica malvagia diventava, dopo un certo rodaggio, cosa normale: da fare e basta. Ma l'animo di un bambino è come una lavagna, e i segni strisciati sopra dal chiodo dell'esperienza non si cancellano più. Anche se lo strofinaccio del tempo li attenua un po', i solchi rimangono per sempre. È così che nell'imminenza di ogni primavera, come lupi mannari con la luna, i ricordi di quei tempi tornano a farmi visita, ironici e beffardi, e vorrebbero rimettermi il fucile tra le mani. Ma sono spintoni che durano poco. I diavoli se ne vanno presto, lasciando il posto a memorie che riportano a quei giorni lontani.

Lunghe camminate al buio nelle notti ancora fredde d'aprile, che già liberavano profumi di primavera vicina. Mio padre mi diceva di parlare piano, ma la sua raccomandazione non era necessaria perché io avevo paura anche della mia voce. Mi sembrava che dal buio mille strani personaggi mi spiassero, e non riuscivo a capire se erano buoni o cattivi. Più tardi li avrei conosciuti: sono i gentili spiriti dei boschi diventati ormai la mia costante compagnia. A quel tempo però mi mettevano una strana inquietudine che non potevo comunicare a mio padre, uomo pratico e rude.

Nelle pause del cammino mio padre si accendeva una sigaretta. Nel buio non vedevo il suo viso, ma solo il lumicino della brace che andava e veniva dalle sue labbra: lui non esisteva, era solo ombra. Qualche volta, mentre fumava, mi raccontava episodi della sua infanzia, di come i cacciatori anziani fossero burberi con lui giovinetto alle prime armi e mi faceva capire che, in fondo, io potevo ritenermi fortunato perché stavo con mio padre e non dovevo temere nulla. Non sapeva, e io non gliel'ho mai detto, la fatica e le paure che mi prendevano durante quei percorsi notturni. Il pensiero andava al caldo lettino nella casa giù al paese dove dormivano, beati loro, i miei fratelli più piccoli. Io ero il primogenito, perciò toccava a me trovarmi là.

Ogni tanto mio padre accennava alla mamma, ma sempre senza affetto. Prima che ci prendesse il freddo ci rimettevamo in marcia. Non si camminava mai veloci, per non arrivare alle poste troppo presto e dover aspettare l'alba nel gelo. Una volta giunti sul posto, i preparativi si ripetevano sempre uguali. Mio padre approntava una trincea con rami di mugo che piantava a semicerchio nella neve. Era il nostro nascondiglio per non essere individuati dal forcello. Io mi ingegnavo affinché questa operazione durasse a lungo poiché sapevo che, una volta finito il lavoro, bisognava sedersi e aspettare immobili fino alla nascita del giorno l'arrivo dei forcelli. Qualche volta però si arrivava alla posta troppo veloci. Valutato l'anticipo, mio padre si arrotolava ancora una sigaretta e poi, per ore, si stava fermi nel gelo e nel silenzio. Quando si accorgeva che incominciavo a tremare mi domandava ironico:

«Non avrai mica freddo?»

Già sapeva che io non gli avrei mai risposto di sì. Era il frutto dei suoi insegnamenti: non lamentarsi mai. Allora lui si toglieva la giacca e me la metteva attorno alle spalle, e in quel nuovo, breve tepore mi addormentavo.

A volte nel buio lo sentivo come una persona estranea e malvagia, e lo odiavo. Ma quando la luce del primo mattino illuminava il suo viso semplice, tornavo a volergli bene.

Un tenue chiarore annunciava la fine della notte. Si udivano i primi cinguettii: le bestie si svegliavano. Voli di gufi sembravano aliti di fiato vicinissimi. Versi strani, rumori secchi, come caduti dall'alto; poi, improvviso, possente da mettere paura, si udiva il soffio del forcello che sfida il rivale. È un momento intenso ed emozionante: sembra di sentire un essere umano che lancia un roco ghigno. La presenza fredda e guardinga di mio padre mi rassicurava. Poi lui imitava il verso di un rivale. Brevi spazi di tensione, e il gallo si lanciava con tutta la sua furia verso di noi. Era questione di attimi e il botto assordante della fucilata rompeva il magico silenzio dell'alba. Per me era un momento drammatico: il boato si ripeteva nelle valli e mi sembrava che tutto il mondo ci avesse scoperti e localizzati per via di quel colpo. Mi assaliva un'agitazione incontenibile: immaginavo guardiacaccia e carabinieri venire verso di noi, e qualche volta capitò per davvero. Come un razzo mi precipitavo a raccogliere il povero gallo forcello - le sue piume vibravano ancora nell'aria del mattino - e correvo più che potevo verso un punto sicuro e lontano dal luogo del misfatto.

Mio padre mi raggiungeva lentamente, soddisfatto, fumando la sua sigaretta. Sollevava il forcello per il becco e, tenendolo sospeso, gli sistemava il piumaggio lisciandolo dall'alto verso il basso. Se era un vecchio esemplare con cinque penne storte nella coda, mio padre appariva molto contento. Io rimanevo triste per qualche tempo.

Dopo la caccia avevamo tutto il giorno a disposizione e mio padre mi portava sulle cime più facili dei monti circostanti.

«Lassù - mi diceva - il sole arriva prima e possiamo vedere dall'altra parte.»

Infatti, una volta saliti, noi eravamo già in pieno sole mentre sulle lontane pianure friulane cominciava appena a sorgere l'alba.

Quando il giorno era ormai pieno ci calavamo nel bosco per accendere il fuoco.

Mio padre era un mago in quest'operazione. Affermava che bisogna essere capaci di accendere un fuoco anche sulla neve. Andava a rovistare sotto giganteschi pini, intrufolandosi tra la neve e i rami come un topo e ne usciva con un pugno di stecchini bianchi non più grandi di un fiammifero; poi tornava ancora con dei pezzetti più consistenti. Tutto veniva disposto con ordine: alla base i più sottili, quasi dei fili di legno, poi quelli medi e via via quelli più grossi. Nella costruzione a castello lasciava aperto un buco per infilarvi la carta. Poi dalla giacca alla cacciatora tirava fuori un giornale e ne strappava solo un lembo.

«Mai sprecare!» diceva.

La sua giacca di fustagno scuro era un magazzino: spago, carta, temperino, cartucce, binocolo, formaggio, pane: tutto stava lì dentro. Col fiammifero incendiava la carta sotto i legnetti: compariva prima un sottile filo di fumo azzurrino che durava qualche attimo, poi la fiamma amica prendeva forza sempre più velocemente.

Accanto al fuoco mangiavamo un boccone e ci scaldavamo, non prima di aver nascosto accuratamente fucili e prede. Io tentavo di non incrociare mai lo sguardo di mio padre, perché sapevo che cercava di capire le mie emozioni, e guai se queste gli rivelavano un segno di debolezza o di pietà per la bestia uccisa. La sua reazione era dura e beffarda:

«Sei una *trapola*, un buono a nulla» - diceva.

«Devi lasciare perdere i rimorsi, sennò quando sarai grande farai una povera vita. Rimorsi e rimpianti sono come rami che intralciano un sentiero - replicava - se non li spezzi quando ripasserai di lì ti intrigheranno di nuovo.»

Ma sui sentieri i rami ricrescono e i sentimenti smarriti ritornano. Altrimenti non saprei spiegare il suo sguardo triste e lontano di questi ultimi anni. Sotto la guida di quel maestro inconsapevolmente cinico e duro, ho fatto così, a otto, nove anni, le mie prime esperienze sulle montagne. Spesso, nei ricordi di quei giorni, ritornano prepotenti le visioni dei giganti di pietra dorati dal sole del mattino. Pochi anni dopo ho incominciato a scalare quei monti che mio padre, alpinista limitato, non aveva potuto farmi salire. In seguito la padronanza della tecnica e l'allenamento mi hanno portato a raggiungere tutte le vette che ho voluto. Ma la conoscenza ha irrimediabilmente dissolto il fascino di mistero e lontananza che aleggiava tra quei picchi un tempo spiati dalla valle, e su cui avrei voluto rifugiarmi dopo aver ucciso il gallo forcello.

La Volpe

Gennaio e febbraio erano i mesi della volpe. Negli anni difficili la caccia ha avuto un ruolo fondamentale nell'apporto di alimenti ricchi di proteine per la parca mensa dei montanari. Oltre alle prede che fornivano carne, ve ne erano altre fonte di essenziali guadagni in moneta.

Si cacciava tutto l'anno e le stagioni decidevano quale tipo di selvaggina concedere. Aprile e maggio offrivano, al prezzo di sacrifici, galli forcelli, cedroni e lepri bianche. Nei mesi estivi vi era un po' di stanca ma qualche capriolo, coturnice, francolino o pernice non mancava. In novembre e dicembre era tempo esclusivamente di camosci. Gennaio e febbraio invece esigevano infinita pazienza nella cattura, con le fiale al cianuro, dei nocivi ed in particolare delle volpi.

La carne di questi animali non si mangiava, anche se c'era qualcuno più affamato degli altri che lo faceva. Prima di cibarsene però immergeva la carogna della volpe o della martora nell'acqua del Vajont, e ve la lasciava per almeno due giorni a sbatacchiare nella corrente, trattenuta da un filo di ferro, in modo che si frollasse. Solo così diventava passabilmente commestibile. Ma questi "mangiatori dell'impossibile" erano rari: il motivo principale per cui si cacciavano le volpi era la loro pelliccia.

Quando avevamo raccolto una decina di pelli, mio padre le portava a Longarone da Checo Franz che le pagava assai bene. Non dovevano avere però nessun buco, nemmeno piccolissimo, né traccia di ferita, altrimenti la loro quotazione precipitava, con nostro disappunto, a meno della metà del loro prezzo. Per questa ragione si faceva uso delle infallibili fiale al cianuro. Venivano fabbricate in Austria e arrivavano racchiuse in confezioni di sei, in una scatolina molto sicura, sistemate ciascuna in un apposito foro e protette dagli urti con batuffoli di cotone. Erano ampolle di vetro delicatissime, grandi come un fagiolo, con le estremità appuntite. Lì dentro c'era il liquido mortale. Ce le procurava un medico che, in virtù della sua professione, le poteva avere con facilità.

La preparazione dei bocconi avvelenati avveniva di giorno. Le micidiali leccornie si confezionavano con scarti di carne fresca, in questo modo: accanto al fuoco del camino, mio padre faceva scaldare del sego e prima che incominciasse a fondere, quando era appena pastoso, vi infilava con estrema cautela la fiala, pizzicandola tra pollice e indice. Era il momento pericoloso dell'operazione. Il vecchio si concentrava al massimo mentre manovrava la morte. Io mi tiravo indietro di qualche passo per assecondare la saggia regola del "non si sa mai". Se per un qualsiasi motivo la fiala si fosse spezzata, i vapori sprigionati sarebbero stati letali per entrambi. Allontanandomi mi assicuravo qualche speranza e, rispettando l'anzianità, concedevo al genitore l'onore di cacciare le volpi nell'oltretomba.

Vederlo maneggiare con disinvoltura, anche se

con prudenza, quello strumento di morte mi affascinava. Durante l'operazione il suo volto diventava tirato e le palpebre restavano immobili: sembrava un uomo di legno. Operava seduto, muovendo solamente gli snodi dei polsi con le braccia appoggiate alle ginocchia e il busto perfettamente immobile. Dopo la mossa cruciale, forse per scaricare la tensione, raccontava ogni volta sempre la stessa storia, di un cacciatore suo amico, scampato per miracolo all'accidentale rottura di una fiala. Probabilmente era una balla, perché al cianuro non si scampa.

Con il sego contenente il liquido avvelenato formava una pallottola grande quanto una noce che poi avvolgeva in un pezzo di carne dalle dimensioni di un pugno. Il primo boccone era pronto. Ne confezionava una decina, a volte anche di più.

Quando la sera era prossima controllavamo il funzionamento delle lampade a carburo, le stesse che usavamo nelle notti di marzo per andare a rane. Partivamo al buio proteggendoci dal gelo con indumenti pesanti. Io mi infilavo il "pastrano da volpi", un tabarro di mio nonno che mi avvolgeva fino alle caviglie.

Il mio compito consisteva nel portare la pertica. Era un bastone lungo quattro-cinque metri all'estremità del quale stava fissato con alcuni giri di spago un vecchio mestolo. Percorrevamo tutto il greto del Vajont e a volte ci spingevamo fin nella valle omonima dove, come un filo d'argento, prende vita il torrente. Un tragitto che durava a volte tutta la notte. Nei punti stabiliti, mio padre deponeva il boccone traditore nel mestolo dell'asta che io tenevo orizzontale, ed io, piano piano per non danneggiarlo, lo scodellavo con delicatezza sulla neve.

La lunghezza del bastone teneva le nostre tracce a discreta distanza dalla terribile trappola alimentare, facendoci guadagnare qualche punto sulla proverbiale furberia della *bolp*, come noi chiamavamo la volpe.

Finito il giro tornavamo a casa che era quasi l'alba. La nonna aveva già acceso il fuoco sul *larin*, il focolare, ravvivando le braci nascoste sotto la cenere. Fino al mattino dopo potevo stare in pace. Ma a partire dal giorno successivo alla deposizione dei bocconi, incominciava una snervante odissea che poteva durare anche dieci, quindici giorni.

Occorreva partire prestissimo, «sul filo dell'alba» diceva mio padre. Muniti di binocolo rifacevamo tutto il percorso ispezionando da lontano le specialità al cianuro, una ad una. In fondo alla valle, il Vajont respirava tranquillo emettendo dalle anse leggeri vapori di nebbie che a contatto col gelo dell'inverno formavano un delicato giardino di cristalli e piume ghiacciate, ricamando i ciottoli di incredibili arabeschi. I cespugli decorati dalle brume congelate apparivano in lontananza come piccoli ciuffi di nubi sospese, e su tutto regnava un silenzio incantato.

Il nonno mi raccomandava di trovargli, in quei luoghi, le pietre per affilare gli utensili. Mi aveva spiegato di individuare quelle, peraltro rarissime, su cui non s'attaccava mai la brina e che, una volta bagnate nell'acqua, assumevano una tinta color fegato. Qualche volta ne trovavo.

Muovendoci gli scarponi frantumavano i fantastici fiori di neve, polverizzandoli con un glaciale *croc-croc* che trasmetteva il freddo in tutto il corpo.

In prossimità di ogni trappola mio padre alzava il binocolo puntandolo sul sito. Guatando dal basso verso l'alto io potevo studiare il suo volto senza che lui se ne accorgesse. Parlava a bocca chiusa e solo dalle smorfie capivo che la preda non era stata fulminata, che lo aveva beffato ancora una volta.

Prima di riprendere il cammino a ispezionare il boccone successivo, abbassava le lenti dello strumento e lanciava verso la furba bestiola lontana titoli irripetibili come vengono usati di solito per le donne di malaffare. In genere concludevamo il controllo verso mezzogiorno e poi, piano piano, tornavamo verso casa scornati, avanzando taciturni nell'ovattato silenzio dell'inverno, ciascuno immerso nei propri pensieri.

Questo gioco a chi era più furbo poteva durare intere settimane e caricava mio padre di una rabbia e di un'impotenza tali che cominciavo a temere per la mia sorte. Dovevo stare attento a non sbagliare nulla di ciò che mi ordinava; mi toccava prevedere tutte le sue possibili reazioni alle mie mosse e quindi inventare subito contromosse di salvataggio come in una goffa e per me pericolosa partita a scacchi, al fine di evitare il più possibile la posta in gioco: formidabili calci nel sedere. A volte però mio padre non s'atteneva alle regole e, rovesciando la scacchiera, tirava la ragione dalla sua parte, nonostante la mia mossa vincente. I suoi fallimenti, le sue frustrazioni, la sua rabbia repressa contro il furbo animale che ci faceva sfacchinare tutte le mattine a vuoto, contagiavano anche me, e un po' alla volta cominciavo a travisare la realtà. La volpe cessava di essere l'umile e discreta bestiola che di fatto è, per diventare un'astuta, cinica e imprendibile nemica. Più collezionavamo giorni infruttuosi e sconfitte brucianti, più la bestia assumeva contorni misteriosi e lontani e, come in un sogno fantastico, cominciava a prendere forma umana. Si accumulava allora prepotente in me la voglia di vederla stesa, di poterle mettere le mani addosso, di sentire affermata finalmente l'abilità di mio padre derisa continuamente, giorno dopo giorno.

«Le volpi sono come le donne» diceva cinico il vecchio, che allora non era tanto vecchio, ma che a me sembrava molto vecchio, «ma prima o dopo ci cascano.»

Io ancora non capivo, ma qualcosa sospettavo, ascoltando quei beffardi riferimenti.

Finalmente, dopo appostamenti interminabili e pazienti ispezioni condotte giornalmente in compagnia del freddo, e ronde notturne illuminate dalla luna di gennaio, che si diceva facesse muovere le bestie, qualcosa accadeva. Un mattino, all'apparenza come gli altri, durante l'ennesimo controllo, gli occhi di mio padre s'illuminavano sotto le lenti del binocolo. Il suo ghigno da eterno misogino si accentuava e mentre lasciava lo strumento penzolare sul petto per arrotolarsi la sigaretta, esclamava:

«C'è!»

Gli prendevo il cannocchiale e lo puntavo dove

mi indicava. Dopo una frenetica messa a fuoco, mi appariva riversa, immobile nell'aria che vibrava, la fulva sagoma del nemico.

Il cuore batteva forte. Siccome ero molto rapido, mi lanciavo in una folle corsa verso l'animale folgorato per vederlo e toccarlo prima di lui. Nel mezzo chilometro che mi separava dalla bestia, la fantasia galoppava con me, facendomi immaginare mille volti diversi della volpe. Ancora pochi metri e il misterioso personaggio era svelato, lo potevo conoscere, finalmente avevamo finito di penare, di essere presi in giro, di venire derisi e umiliati ogni mattina.

Confesso che durante quel formidabile balzo da quattrocento metri piani provavo una sorta di torva soddisfazione mista a residui di odio placato.

Ma quando arrivavo ansimante vicino all'animale già indurito dal gelo, si ripeteva sempre la stessa metamorfosi: non trovavo nessun nemico, nessun personaggio astuto, nessun ghignante abitatore della notte che ci scherniva.

Ai miei piedi stava la piccola, innocente volpe distesa nella neve. La sua bocca era deformata da una malinconica smorfia di sorpresa e dolore, mentre i denti scintillanti serravano ancora il boccone mortale. Allora tutto il carico di tensioni e suggestioni trasmessimi dal vecchio nei giorni di attesa, se ne andavano con imbarazzo. Sentivo salire la vergogna mentre fissavo quel piccolo corpo inerme che conservava, pur nella morte terribile, tutta l'eleganza, la dignità e il fascino della sua inavvicinabile figura vivente. Trovavo ridicolo e ottuso essermela presa tanto. La volpe morta era per me l'esecrabile prova della nostra viltà.

Sopraggiungeva mio padre che, senza preamboli e con fare belluino, la sollevava per valutare le dimensioni della coda, sciorinando all'indirizzo della bestia un rosario tutto suo fatto di ingiurie, parolacce e oscenità al femminile, anche se la volpe era un maschio. Era lo sfogo delle sue battaglie perdute, dei giorni spesi a vuoto, delle speranze deluse, dell'impossibilità di dominare una forza che non si sarebbe mai sottomessa.

Dopo averle estratto dalla bocca la fatale pastura ormai innocua, mi caricavo a tracolla il batuffolo e riprendevamo il cammino. Durante il tragitto riflettevo sulla sorte dell'essere che mi stava sulle spalle: solo poche ore prima saltellava tra i pini carichi di neve; forse andava da qualcuno o qualcuno l'aspettava. Con la scusa di interessarmi di tracce, chiedevo a mio padre, che di tracce ne capiva, dove pensava che fosse diretta la volpe prima di addentare il cibo traditore, ma lui troncava la discussione e rispondeva seccato:

«Qui, era diretta. Dove vuoi che fosse diretta. Qui stava la sua sorte. Oggi doveva venire qui, altrimenti non sarebbe qui».

Usando i toni sarcastici che, ormai con scarsi risultati, usa ancor oggi, voleva istruirmi sull'ineluttabile gioco del destino e su quanto fosse sciocco cercare di evitarlo. Avrebbe voluto che imparassi l'arte di sopire la coscienza per non patire troppo nel tempo che mi attendeva; cercava di convincermi che tutti noi siamo braccati. In parte c'è riuscito.

Se non c'erano più volpi lungo il giro d'ispezione, tornavamo verso casa. Una volta giunti al focolare appendevo la preda per le zampe posteriori a due appositi chiodi infissi nella parete e che sono ancora là. Mio padre cominciava subito l'operazione di scuoiatura; era molto abile e finiva in poco tempo. Qualche volta avrei voluto provare anch'io ma non mi sono mai azzardato per paura della sua reazione nel caso avessi forato la pelle. La carcassa ossuta e sanguinolenta di quella che era stata l'elegante regina delle selve rimaneva attaccata ai ganci fino a quando, avvertito da un nostro richiamo, non compariva sul tardi un "mangiatore dell'impossibile" che la ficcava velocemente in un sacco di iuta, ringraziava e scompariva nella notte non prima di averci ammonito sorridendo:

«Eh, eh, voi non immaginate cosa vi perdete!»

Il Volo della Martora

Catturare la martora d'inverno non era una vera battuta di caccia, bensì un'azione poco degna dei fieri seguaci di Sant'Ubaldo. Si trattava infatti di seguire sulla neve fresca, partendo al mattino presto, le tracce della bestiola fino a giungere nei pressi della sua tana. A questo punto il *bocia* o ragazzo di battuta, accendeva brandelli di copertone e vecchie suole di scarpe e le introduceva nel buco in cui stava nascosto l'animale.

Mentre il *bocia* era intento alla sua operazione, i cacciatori si piazzavano nei posti strategici attorno al pertugio, già pronti con le doppiette in spalla.

Ad un loro cenno il giovane faceva scivolare nel foro la gomma ben accesa e il pestifero fumo liberato dalla combustione asfissiava il *martorel* che schizzava fuori come un proiettile, terrorizzato.

In quel momento, valutata in un lampo la posizione di ciascuno per evitare di spararsi addosso, gli appostati fulminavano senza pietà la piccola preda.

Come si può capire era una caccia poco nobile, ma rendeva assai bene. Il *martorel* è grande circa il doppio di uno scoiattolo. Vagamente lo ricorda ed è un predatore coraggioso e implacabile. Le sue pelli, a differenza di quelle delle volpi, ce le pagavano anche sforacchiate dai pallini: per confezionare le pellicce venivano tagliate in strisce sottili perciò non importava molto se avevano qualche buco.

Un favoloso inverno di molti anni fa, quello che mi vide forse dodicenne, lo trascorsi come al solito con i cacciatori, ingaggiato, mio malgrado, nel ruolo di ragazzo accendi-fuoco. Un mattino di gennaio partimmo in cinque: mio padre, un vecchio bracconiere specialista in martore, due fratelli poco più che cinquantenni ed io.

Attraversammo il torrente Vajont passando sul nuovo e ardito ponte di Cerentòn, che sarebbe stato sbriciolato l'anno successivo dall'acqua della diga. Giunti alle case di Prada iniziammo, ognuno per proprio conto, a cercare le orme della bestia. Non passò molto tempo che il più anziano dei fratelli, dai pressi di un fienile, lanciò il classico richiamo che annuncia la traccia trovata. Dopo un breve consulto per valutare la direzione, ci mettemmo in cammino. Le impronte del piccolo animale si dirigevano decise verso ovest: armati di pazienza iniziammo a seguirle. Mano a mano che si avanzava mi accorgevo che non aveva avuto fretta quel *martorel* durante la notte! La sua via passava attraverso cespugli carichi di neve che solo a sfiorarli scaricavano giù per il collo slavinette di polvere gelida. Saltellando s'era divertito a compiere svariati girotondi attorno agli enormi pini imbiancati e aveva lasciato i suoi escrementi educatamente nascosti dietro a un masso. Era sceso, forse per bere, fino all'acqua imprigionata nel ghiaccio del torrente Mesàz e da quel punto le peste puntavano diritte verso la valle omonima.

Lo specialista in martore, che tra l'altro era l'unico in paese a cibarsi della loro carne, non ebbe dubbi:

«È andato ai fienili di casera Ditta - disse - in fondo alla valle».

Dopo una breve pausa per tirare un sorso di grappa - ne offrivano sempre un po' anche a me - i quattro esperti decisero di continuare. Percorrere tutta la Val Mesàz in pieno inverno non era un impegno da poco. Se fino a quel momento io avevo seguito l'impresa quasi distratto, dopo l'ordine di proseguire mi ero fatto attentissimo: speravo nella remota e pia illusione di trovare qualche segno sulla neve che imprimesse al viaggio della martora un'inversione verso casa. Ricordo che comunicai il mio sogno al cacciatore più anziano, quello esperto, mangiatore di martore. Era un uomo che viveva solo e beveva molto. Mi voleva bene. Durante le battute, quando nessuno ci poteva udire, svelava a me ragazzino i trucchi del mestiere parlando sempre a bassa voce. Forse temeva che gli altri cacciatori gli carpissero i segreti. Rispose, dondolando la testa, che le martore non tornano mai indietro per lo stesso itinerario: si muovono di notte in cerca di cibo e cambiano continuamente percorso.

Mi rassegnai e, avvolto nel tabarro da volpi, con le mani in tasca e il berretto tirato sulle orecchie, seguii il gruppo chiudendo la fila.

Aveva nevicato il giorno prima e il cielo, di un grigio metallico, prometteva ancora fiocchi. I vasti boschi di faggio dormivano sotto mezzo metro di neve fresca. Osservando qua e là non si distinguevano più i sentieri né i contorni delle cose, ma solo onde su onde di un bianco infinito. Le alte montagne d'intorno avevano perduto i profili spigolosi assumendo l'aspetto di bonari panettoni. Il torrente Mesàz portava a valle la sua vita liquida senza più alcun rumore, soffocato com'era dal ghiaccio che lo copriva. Solo ogni tanto l'acqua occhieggiava per brevi tratti uscendo all'aperto da qualche ansa benevola che la lasciava respirare.

Camminavamo senza sforzo alcuno aprendoci il varco dentro una neve talmente fine e polverosa da sembrare aria solida. In testa al gruppo mio padre e i due fratelli parlavano di donne facendo certi discorsi che oggi indurrebbero la più tollerante delle femministe a strappar loro il cuore.

Ad un certo punto il vecchio cacciatore incominciò a parlarmi del *martorel* e del suo carattere. Disse che era un predatore solitario e spietato e mi raccontò un evento rarissimo capitato molti anni prima proprio a lui.

Un giorno d'inverno stava cercando le peste della bestiola verso il passo Sant'Osvaldo. Dopo una curva scorse nella piana innevata del Tegn una massa scura e, avvicinatosi, riconobbe nel grosso fagotto, grande quanto un tacchino, i resti di uno splendido gallo cedrone. Accanto al collo dell'urogallo, sulla neve immacolata, spiccava una larga chiazza di sangue. Con somma meraviglia scoprì che tutt'attorno non esisteva altra traccia se non quella di un *martorel* che, partendo dalla carcassa del volatile, si allontanava. Ma allora, si chiese perplesso, com'era potuto giungere fin lì senza lasciare orme? Ispezionando il grosso uccello semi divorato e riflettendo un poco, trovò la riposta: il *martorel* era atterrato in quel punto tenendosi artigliato alla potente schiena del cedrone! Sicuramente lo aveva attaccato nel sonno la notte, probabilmente tra le alte abetaie del Monte Cornetto. Il tetraonide, sentendosi perduto, s'era buttato disperatamente in picchiata nella valle portando con sé sul dorso il suo terribile giustiziere. Il gelo dell'inverno e il buio erano stati gli unici testimoni di quella drammatica discesa verso la morte. Durante il tragico volo la martora serrava con i denti aguzzi il collo del volatile togliendogli via via le forze e costringendolo così a perdere quota lentamente fino a toccare la neve senza danni. Una volta atterrati, il carnivoro aveva finito la preda e, dopo un lauto banchetto con le sue carni, se ne era andato.

Così il mio amico spiegò a se stesso l'enigma di quelle misteriose tracce che s'allontanavano senza mai essere arrivate.

Chiacchierando di questo e altri fatti inerenti al piccolo carnivoro, quasi senza che me ne accorgessi, giungemmo ai casolari abbandonati del vecchio Ditta. Qui notammo che l'animale, dopo qualche giro intorno alla stalla, senza indugiare oltre, aveva preso il sentiero alto puntando verso nord. Stavamo già camminando da tre ore buone e, dopo questa scoperta, il disappunto comparve sui volti dei miei maestri. Se prima parlavano con spavalderia di donne e altre cose, ora le chiacchiere diventavano sempre più rare. Solo le bestemmie aumentarono e con esse il nervosismo. Incominciarono a scrutarsi torvi e immusoniti senza che nessuno trovasse il coraggio di manifestare agli altri ciò che ormai sospettava da tempo. Il vecchio, ostentando un certo distacco e ridacchiando sottovoce, ma con un tono che escludeva ogni dubbio mi sussurrò ad un orecchio:

«L'è torné in fora».

«È andato al colle delle felci» esclamarono invece i tre di testa quasi all'unisono.

Iniziammo allora un viaggio a ritroso nella neve seguendo sempre le zampette del nostro invisibile apripista.

Dopo infiniti andirivieni, superammo anche il colle delle felci e qui rabbia e delusione ci colpirono scoprendo che il passo della bestia continuava verso l'uscita della valle.

I primi sospetti comparvero nei discorsi degli specialisti quando iniziarono a pronunciare frasi smozzicate del tipo:

«Non sarà mica per caso tornato in fuori? Vuoi vedere che quel bastardo è andato verso il paese?»

Poi i due fratelli e mio padre dettero il via a un vivace scambio di insulti tra di loro. Ognuno rimproverava all'altro di non essere stato più accorto nel verificare meglio i primi segni sulla neve. Il vecchio mangiatore di martore sorrideva senza intromettersi ma, tirandomi da parte, mi consigliò di tenere la bocca chiusa con tutti, una volta in paese, altrimenti i cacciatori ci avrebbero preso in giro per anni.

Tra una bestemmia e l'altra seguitammo a procedere in retromarcia e dopo un paio d'ore sbucammo sui candidi prati di Pineda. A quel punto lo stupore dei bracconieri diventò rabbia e odio verso la bestiola poiché intuivano la portata della beffa che nella loro mente stava prendendo forma. Fino ad allora avevano parlato del *martorel* al maschile, adesso però il piccolo predatore era diventato improvvisamente di sesso opposto.

«... una femmina! - sbraitavano - Solo le femmine possono fare di questi scherzi!»

Paragonando la bestia alle dolci compagne dell'uomo, si sfogarono lanciando valanghe di epiteti e insulti contro tutte le donne della terra. Ma la loro ira doveva crescere fino a farli ammutolire quando, dopo aver aggirato l'ennesimo dosso, sempre seguendo le orme, ci apparve il fienile dal quale eravamo partiti sei ore prima. Nessuno di quei bravi parlò più mentre ci dirigevamo verso lo *stavolo*. Da segni inequivocabili fu subito chiaro che l'animale, dopo aver vagato per tutta la notte nella val Mesàz, era tornato indietro infilandosi al calduccio tra il fieno del deposito. Sarebbe bastato che quel mattino avessimo compiuto un giro completo attorno al *tabià* per scoprire sul retro le tracce del suo ritorno. Ma si sa, loro erano bravi e la bravura rende sicuri e la sicurezza porta ad essere incauti.

Dopo un concitato dialogo i quattro, irati e incattiviti, s'appostarono bloccando le uscite. Se ben ricordo i loro volti mi sembrarono feroci. Uno dei due fratelli, come se quello smacco fosse colpa mia, dandomi brutalmente dell'addormentato mi ordinò di entrare nel fienile e di picchiare forte con un bastone sulle assi del solaio.

Non mi accorsi quando la martora scappò. Udii solamente quattro spari simultanei mentre ancora stavo battendo sui travi con un randello.

Uscendo dalla finestra da dove ero entrato arrampicandomi, notai uno dei quattro prendere a calci la povera bestiola fulminata. Quand'ebbe sfogato la sua collera raccolsi quel batuffolo dilaniato e lo misi nel sacco, dopodiché ci avviammo tutti verso il paese.

Durante il tragitto di ritorno gli esperti cacciatori commentavano, minimizzando e facendo finta di ridere, la beffa subita. Ogni tanto però la rabbia tornava a visitarli e allora uscivano di nuovo con impronunciabili insulti al femminile contro l'innocente *martorel*.

Alla sera ci riunimmo tutti e cinque accanto al fuoco in casa di mio padre. Mentre il brulé si scaldava nel paiolo, egli iniziò a scuoiare la preda. So con certezza che durante l'operazione gli altri si accorsero che la martora catturata era un maschio. Ma nessuno di quegli eroi aprì bocca, né pronunciò parola alcuna in proposito.

La Malga

Giugno era il mese dei malgari. Una consuetudine antichissima imponeva che si dovesse partire per la malga il 13 di giugno, giorno di Sant'Antonio. Né un giorno prima né uno dopo. Ed era norma precisa e inderogabile anche la data del ritorno a valle, stabilita per il giorno 7 settembre. Nessuno dei vecchi pastori ha mai saputo spiegarmi il perché di queste scadenze prefissate; loro, del resto non si ponevano il problema: era stato disposto così da chissà quale antica usanza, era una tradizione ereditata nei secoli e come tale doveva essere rispettata e basta.

Dietro ai malgari e agli armenti dovevamo partire anche noi garzoni. A volte il padre-padrone non ci lasciava neppure completare gli ultimi giorni di scuola.

Già una settimana prima della data fatidica ordinava alla nonna di prepararci gli zaini pieni dell'occorrente: calzettoni di lana, maglie di cotone, qualche paio di mutande (poche, tanto lassù non ci si lavava mai), la giacca pesante, il cappotto di tela cerata, gli *scufòns* e parecchie braghe di ricambio perché la rugiada del mattino ci inzuppava ogni volta fino all'inguine. Il vestiario di partenza invece consisteva in pantaloni di tela, camicia di flanella - quasi sempre ricavata dai ruderi di altre camicie -, cappellino da pastore che dava un aspetto di persona già anziana; in mano il bastone ricurvo e in tasca gli inseparabili temperino e fionda.

Partivamo così bardati, inermi e malinconici guerrieri, per andare a combattere per tre mesi con vacche ombrose e manze scalpitanti, con la nostalgia di casa e degli amici lasciati, con il senso di isolamento e di emarginazione, con la solitudine delle lunghe giornate montane e con il malgaro dalle esigenze severe, dal sorriso carente e dal volto indecifrabile. Di stipendio non si parlava nemmeno per scherzo: come si usava ripetere, era già tanto dare il lavoro in cambio delle spese, cioè vitto e alloggio. E i nostri genitori erano gratificati abbastanza dal fatto di non averci tra i piedi per qualche mese.

Dopo la curva del sentiero che immette nella val Zemola, il paese scompariva ai nostri occhi, e con esso anche l'ultima speranza di restare. Camminavamo allora col cuore triste, sospeso nella nostalgia, e i campanacci delle bestie avevano, in quell'andare lento e ondeggiante, un suono insistente e malinconico come un lontano pianto. Segretamente io odiavo e invidiavo il taciturno malgaro che procedeva in testa alla mandria, perché sembrava non provare alcun sentimento. Ogni tanto lanciava un richiamo alle bestie e dava loro un po' di sale che prendeva dalla saccoccia legata in vita, in modo che gli animali, ingolositi dalla leccornia, non si sparpagliassero nel bosco.

Giunti alla casera, sistemavamo alla meglio le masserizie mentre gli armenti, nelle poche ore di luce che restavano, si concedevano il primo lauto banchetto con l'erba fresca e profumata del pascolo di alta montagna. Da principio brucavano ingorde, come bambini che si lanciano a gara su una torta prelibata. Con le bocche avide rasavano il prato, che alla fine sembrava passato dalla falce. Alla sera venivano legate nello stallaggio; ad ognuna veniva destinato un posto fisso fino alla fine della stagione. Per evitare di scambiare gli spazi loro assegnati, il malgaro asportava con un leggero colpo d'ascia una piccola scheggia dalla trave ove venivano legate le mucche e sul legno bianco emerso scriveva con il lapis copiativo i nomi degli animali: Bianca, Serena, Vecia, Bizzarra, Tosta e così via.

All'imbrunire di quella faticosa, confusa, caotica prima giornata rimaneva l'ultima fatica: la mungitura. Mio fratello andava avanti per primo per preparare le bestie alla donazione: il suo facile compito era di massaggiare le mammelle fino alla comparsa del primo latte. Il vecchio ed io passavamo alla mungitura vera e propria e raccoglievamo il prezioso liquido spremuto a forza di dita in grandi secchi d'alluminio che tenevamo stretti tra le cosce, seduti precariamente sugli instabili sellini di legno forniti di un'unica gamba.

La cena della prima sera era di semplice pane e latte, poiché il viaggio, il trambusto, la sistemazione dei materiali, delle bestie, l'organizzazione della baita, essenziale e prioritaria, non lasciavano tempo di pensare alla cucina. Finalmente verso le 22 ci si poteva coricare. Allora, nella malinconica quiete che pervade di notte quei luoghi solitari e lontani, alla fioca luce della candela, s'affacciavano prepotenti i ricordi: la nostalgia di casa, la lontananza dai compagni di giochi, lo stacco brusco e perentorio dalla famiglia e dal viso dolce e buono dei nonni, che rivedevamo nell'ultima raccomandazione di stare attenti a non farci male. Nella penombra scendevano liberatorie le lacrime di un pianto silenzioso e senza speranza. Poi la sagoma del malgaro, intento alle ultime faccende, svaniva piano piano, finchè un sonno benefico e profondo non veniva a togliere dalla mente gli ultimi tristi pensieri.

Al mattino la sveglia era fissata per le quattro e mezza. A quell'ora il vecchio, con un certo cinismo, prendeva un bastone e si metteva a picchiare violentemente un bidone di lamiera di forma quadrata su un lato del quale spiccava la scritta: «R. Nobili Gallarate». Lo ricordo bene perchè l'ho odiato, quel bidone. Ogni volta il risveglio era brutale per l'improvviso fracasso prodotto dall'inconsueto strumento. Né vi era verso di abituarvisi. A fine stagione non c'eravamo ancora assuefatti a quel brusco e drammatico risveglio.

Dopo una parca colazione a base di caffè d'orzo, latte e polenta con burro, c'era l'estenuante operazione della mungitura; poi si dava una mano al malgaro a fare il formaggio e il burro. Quest'ultima incombenza toccava sempre a me perché secondo lui io ero più forte di mio fratello, essendo di un anno più vecchio. Per quasi un'ora, salvo brevissimi cambi, dovevo battere la *pigna* muovendo su e giù, con la sola forza delle braccia, una grossa asta di legno. Via via che il burro prendeva consistenza, diventava sempre più spossante sollevare e abbassare il congegno. Forse è anche per questo motivo che mi ritrovo oggi con buoni bicipiti. In quest'operazione però ero gratificato dal fatto di poter ogni tanto rubare, con mossa fulminea del palmo dell'indice, il residuo di panna che ad ogni battuta usciva dal recipiente di legno.

Verso le otto del mattino terminavano le operazioni di cagliatura del latte; finalmente potevamo liberare le bestie e anche noi eravamo liberi. Dopo il trambusto iniziale con fracasso di campanacci, ogni mucca anziana si dirigeva, misteriosamente guidata, verso la sua zona di pascolo preferita. Gli animali immergevano i musi umidi nell'erba ancora bagnata dalla rugiada notturna e ruminavano lenti e tranquilli fino a sera. Ma le manze, quelle bastarde, simbolo di gioventù e spensieratezza, erano la nostra disperazione. Appena libere dalla catena incominciavano a saltare come impazzite e a correre da ogni parte scomparendo ben presto alla nostra custodia. Allora, dopo i rimbrotti del malgaro, passavamo tutto il giorno a girare per la montagna ascoltando attentamente donde provenisse il suono del campanaccio delle fuggiasche per poterle individuare e riportare nel gruppo.

Il mesto canto di un cuculo ritardatario accompagnava il nostro cammino, acuendo ancora di più la solitudine che era in noi.

Capitava che dopo ore di lunghe ricerche - molte manze si spingevano in alto fin sotto le Gravine del Duranno - qualcuna di loro si opponesse al rientro e cercasse di scappare di nuovo.

Allora esplodeva in noi un'ira tremenda che, a distanza di trent'anni, ancora mi impressiona per la sua violenza: tutte le umiliazioni, le frustrazioni, le fatiche, il dolore subiti prendevano consistenza e forza nel bastone che tenevamo in mano e cominciavamo a picchiare selvaggiamente le povere giovani bestie ribelli. Ad ogni colpo, per reazione al dolore, il corto pelo si sollevava lasciando sulla pelle dell'animale una lunga striscia bruna. Se in quei momenti di odio esasperato avessimo avuto un'arma in mano, avremmo sicuramente fatto fuoco.

Dopo la sfuriata, la ragione riprendeva il suo posto e con essa il pentimento sincero per un'azione così brutale e indegna contro quei musi inermi e dolci, dai grandi occhi acquosi e innocenti. Ma la lezione non serviva né a noi né alle mucche perché quei fatti si ripetevano inesorabilmente. Crescendo ho imparato a controllare quegli istinti primitivi che ancor oggi s'affacciano turbolenti in certe particolari situazioni.

Il padrone non era cattivo. Anche se in paese aveva reputazione di persona pessima, bieca e cinica, imbroglione ed avaro, dal cuore assente, io serbo di lui un buon ricordo. Nel periodo in cui abbiamo lavorato assieme non ci ha mai fatto mancare nulla. La gente mormorava che non ci dava abbastanza da mangiare, ma non era vero. Il cibo non è mai mancato ed era abbondante. Quando scendeva al paese ci portava anche dei piccoli dolci fatti da sua moglie. Parlava di rado, ma sapeva insegnare le cose con poche parole, spesso solo con un gesto o una sillaba.

Quando intuiva che stavo andando incontro a

agli occhi le ridenti immagini di quei giorni lontani quando, giovani pastorelli, tutti e tre assieme, correvano dietro alle manze nei boschi di val Zemola.

Nell'estate del 1963 ero garzone di malga alla Casera Pezzei. Ogni mattina portavo il latte agli operai che, sotto la parete sud del Monte Duranno, stavano erigendo il rifugio Maniago. Il 25 di agosto di quello stesso anno il piccolo ricovero venne inaugurato con grande partecipazione di gente. Due alpinisti, ora emigrati nella caotica Milano, passarono dalla malga e mi portarono con loro: scalammo il Monte Duranno e al pomeriggio ci unimmo alla festa di inaugurazione. Avevo tredici anni e quel giorno compii la mia prima vera scalata con la corda, e presi la prima sbornia della mia vita. Poco più di un mese dopo, i ritmi naturali della valle furono sconvolti dal Monte Toc che precipitava nel bacino artificiale del Vajont. Questo evento cambiò l'esistenza delle persone sopravvissute. Non occorreva più fare nulla, solo aspettare. La gente non aveva voglia più di fare niente.

Anche il nostro malgaro si fermò. Si perse nel caos di quei giorni e con lui il suo antico mestiere. Le casere vennero invase dalle ortiche; in pochi anni le scandole marcirono lasciando filtrare l'acqua dal tetto. Ora non è rimasto più niente di quei luoghi della memoria, se non i bianchi muri malinconici. Ma da quelle esperienze qualcosa si è salvato oltre ai ricordi: se non altro la consapevolezza che occorre resistere, tener duro in ogni situazione. Il tempo poi darà il giusto valore alle cose vissute, facendoci magari apparire buone e belle quelle che da giovani ci sembravano cattive e ostili.

Ripensando a quei giorni di continuo contatto con la natura e con gli animali mi viene in mente un passo di una poesia di Whitmam che mi regala un certo orgoglio e che dice:

Ora vedo il segreto per fare gli uomini migliori:
crescere all'aria aperta,
mangiare e dormire con la terra.

Il Maiale

Nella storia dei paesi, per ricordare fatti o episodi lontani, ci si riferisce ad avvenimenti particolari che hanno segnato il periodo in cui sono accaduti. Ad esempio si dice: prima della guerra, dopo la guerra, prima o dopo il terremoto eccetera.

In questo modo l'ascoltatore intuisce subito di che epoca si sta parlando. Per noi, abitatori della valle, tra le date comuni purtroppo a tutti, come quelle delle guerre, ve n'è una che ha reciso con un taglio netto il nostro vivere in un mondo arcaico e preciso guidato da antiche regole, per proiettarci di colpo in un universo caotico e confuso che non conoscevamo. Questa data risale al giorno del disastro del Vajont.

Dopo il tragico fatto molte cose sono cambiate; tradizioni e vecchi riti sono scomparsi quasi del tutto. All'inizio del caos, usi e costumi erano stati momentaneamente accantonati nell'illusione di poterli richiamare non appena si fossero sistemate le cose. Invece non è stato così. Proprio perché sono antiche, le tradizioni hanno un'ossatura delicata e una volta bastonate difficilmente trovano la forza di riprendersi.

È ben vero che quassù si continua a vivere perpetuando certe usanze, ma ormai sono fredde ed essenziali, senza più il calore, la magia e il fascino misterioso che le sostenevano prima del Vajont. Ma forse siamo noi che non abbiamo più lo spirito di quel tempo.

Una volta, i giorni che precedevano il Natale erano animati da un'insolita eccitazione. Negli occhi dei ragazzi brillava muta la domanda:

«Quando sarà?»

Quel periodo di feste infatti, veniva scelto per consumare un rito di sangue e di morte e nello stesso tempo anche di vita: l'uccisione del maiale.

Il giorno della macellazione veniva stabilito in base a una fase particolare nel calar della luna. Il maiale veniva allevato per quasi un anno con cura e amore ed era considerato come uno della famiglia. Non di rado lo si chiamava con un nome impostogli fin da piccolo. Per questo noi adolescenti non riuscivamo a capire il comportamento dei grandi. Perché - ci chiedevamo - all'improvviso, quando arrivava la festa del Natale, tutto l'amore e il rispetto che avevano manifestato durante l'anno verso la bestia sparivano di colpo? Ci prendeva allora il dubbio che gli adulti avessero sempre finto, mentito, e che i loro veri volti fossero quelli duri, decisi e senza pietà degli attimi che precedevano la morte del nostro amico. Sì, perché il maiale era proprio il nostro amico. Era cresciuto con noi e noi gli portavamo sempre il cibo nelle ore prestabilite. Andavamo a spasso tutti i giorni con lui trascinandolo allegramente sulla strada erbosa della vecchia chiesa di San Rocco. Spesso lo pulivamo strigliandolo con una ruvida spazzola.

Il maiale è un animale intelligente e sensibile e,

se abituato fin da piccolo, diventa fedele e giocherellone come il cane. Il nostro si divertiva allegramente con noi nei lunghi mesi che precedevano la sua fine. Ogni tanto ci sfiorava qualche pausa di riflessione che ci faceva pensare al suo destino. Sapevamo quale sorte lo aspettava e ci dispiaceva molto. Vedevamo in lui un martire e un eroe e questo accresceva, durante la sua breve sosta terrena, il nostro rispetto e la nostra premura verso di lui. Ma purtroppo verso il 20 dicembre cominciavano a girare per la casa le prime voci che datavano la sua fine e noi ragazzi capivamo da segni inequivocabili che era giunto il suo momento.

Fuori faceva buio e il giorno era ancora lontano quando, da sotto i caldi piumoni, sentivamo spaccare legna giù al piano terra della casa. Il rumore dei colpi rimbombava sulle lastre di pietra; il crepitio del fuoco appena acceso trapassava le assi del solaio e ci svegliava. Scendevamo ancora assonnati e notavamo, appesa alla catena del focolare, l'enorme caldera piena d'acqua. Sulla panca del caminetto stavano allineati su un panno una ventina di coltelli di varie forme. Era la conferma.

Con la scusa di andare alla latrina, che era vicino alla stalla, tutti imbacuccati, ci recavamo mogi mogi al porcile per un ultimo saluto al nostro amico. Dicono che il maiale, per chissà quale misteriosa percezione, senta più di altre bestie quando è giunto il momento della morte. Se questo è vero, il nostro morituro mascherava molto bene la sua angoscia perché non ho mai notato in lui alcuna agitazione nei momenti fatali.

Durante la nostra breve visita d'addio si comportava come sempre: saltellava allegramente e, spingendo col muso contro i legni del recinto, grufolava in segno di affetto. Forse mascherava la paura per non rattristarci ulteriormente.

Nel frattempo nella casa riscaldata dal gran fuoco che faceva bollire l'acqua del calderone, cominciavano ad arrivare gli uomini esperti nell'arte dei salumi. Veniva offerto loro il caffè o la grappa o tutti e due messi assieme. Noi stavamo zitti, assorti nei nostri pensieri. Cercavamo di studiare quei volti dove non apparivano mai pietà per la bestia da abbattere, né rimorso. Anzi, gli uomini ridacchiavano allegramente. Avremmo voluto vederli un po' più seri, se non altro per rispetto verso l'amico che stava per morire. Ricordo invece che sghignazzavano alle battute scurrili e alle descrizioni volgari sull'allora per noi misterioso corpo femminile, mentre ci rivelavano involontariamente e in modi grezzi e volgari i delicati meccanismi del sesso.

Quando il giorno era chiaro partivano in quattro, i più robusti, e andavano a prelevare il maiale dalla stalla. In quei momenti a noi ragazzetti prendeva un'angoscia sottile mista a paura ma non potevamo darlo a vedere per non essere derisi. Mentre la trascinavano verso il luogo del sacrificio con una corda stretta al grifo, avevamo l'impressione che la bestia ci guardasse per un'ultima volta con i suoi occhietti piccoli e vivaci.

Speravamo che finissero presto.

Mio nonno era l'accoltellatore ufficiale: ha fatto quel lavoro fino alla sua morte, andando in giro a uccidere i maiali delle altre famiglie. Per spegnere le vite suine adoperava una lunga baionetta della prima guerra mondiale terribilmente affilata. Altri famosi uccisori delegati dall'esperienza erano Pietro "Frambol" e Giulio "Batocia".

Noi non apprezzavamo che proprio nostro nonno, sempre così buono, fosse anche abile nell'arte di uccidere.

Sistemavano il maiale con la testa su di un'apposita pietra. Lo tenevano fermo in quattro mentre un quinto, munito di un secchio, si piazzava in ginocchio di fronte a lui. Nel frattempo si radunavano anche altri ragazzi, nostri coetanei, per assistere all'evento. A quel punto, dopo un segno d'intesa coi cinque, si avvicinava l'esperto di coltello con una decisione, una calma, quasi con un certo piacere che ancora oggi nel ricordo m'impressionano, e affondava la lunga lama nel collo dell'animale muovendo l'acciaio qua e là a cercare il cuore.

Le urla del maiale tenuto fermo si levavano terribili e strazianti, mentre il sangue schiumava in fiotti caldi nel secchio sorretto dall'uomo in ginocchio. Era tale la forza della vita nella bestia che la pressione faceva schizzare sangue anche in giro macchiando la neve con orribili chiazze rossastre. La scena durava pochi minuti, mentre nel gelo del mattino invernale si levavano dal corpo ancora caldo del morente densi vapori di condensa.

Presto era tutto finito e il povero maiale non scalciava più. Allora, come nei riti tribali più foschi, gli uomini muniti di un mestolo, bevevano a turno il sangue ancora fumante. Dopo di loro, costringevano anche noi a berlo: per farci uomini, dicevano. Io ho dovuto ripetere quel gesto quando quattordicenne, con vecchi cacciatori, durante una battuta, fui costretto a bere il sangue del mio primo camoscio ucciso. Così imponeva la tradizione.

Ricorderò finché vivo il denso sapore dolciastro e il gusto nauseante del sangue tiepido del maiale, come non dimentico quello ripugnante dell'olio di ricino che mio padre mi faceva ingoiare sovente per punizione. Fosse esistito allora il telefono azzurro sarebbero finiti tutti in galera.

Dopo l'uccisione c'era una breve pausa di riposo durante la quale veniva servito del vino bollente portato dalle donne agli addetti al lavoro. Mentre bevevano giravano a testa bassa attorno al maiale e, scrutandolo, cercavano di stimarne il peso a colpo d'occhio.

Finito il brindisi, il maiale veniva sollevato e deposto a pancia in giù e zampe allargate, su di un robusto tavolo costruito apposta per macellare. A quel punto, uomini muniti di grandi secchi versavano acqua bollente sul corpo dell'animale in modo che altri, raspando sulla cotica con le lame dei coltelli, ne potessero asportare facilmente le setole. Le estremità delle zampe venivano a loro volta immerse in acqua calda e l'addetto strappava con le tenaglie le cartilagini dalle unghie che rimanevano di carne viva. Quest'operazione ci metteva addosso i brividi mentre la nostra mente immaginava un'azione simile su noi stessi.

Ora quello che rimaneva del nostro amico veniva issato per le zampe posteriori e quindi fissato verticalmente a un legno posto di traverso a una certa altezza. L'esperto di coltello, con leggerezza da chirurgo, attento a non forare le budella, incideva il ventre dell'animale con la punta acuminata partendo dall'alto verso il basso Come in un lento rigurgito, le viscere fumanti seguivano la sua mano scivolando in rotoli sul terreno.

Lavato e asciugato, veniva dapprima squartato a metà con la grossa scure da tronchi, poi ridotto in varie parti e trasportato dentro casa.

A questo punto la sua figura originale di animale vivo e vitale incominciava a perdere consistenza e a dissolversi, e dentro di noi prendeva posto la rassegnazione che faceva scemare pian piano la tristezza di qualche ora prima.

In seguito ho molto riflettuto sul fatto di come, nei giovani, la mente si adatti rapidamente ai dolori della vita quando viene messa di fronte a fatti ineluttabili.

In casa tutto si svolgeva secondo l'ordine stabilito dagli incarichi assegnati a ognuno. C'era chi selezionava la carne magra, chi il lardo, chi sistemava lo scarto per i musetti, altri lavoravano ai budelli per l'insacco, altri ancora pulivano il magro di vacca, mentre il fuoco scoppiettava sotto al pentolone sempre pieno di acqua bollente. La macinazione e l'insaccatura avvenivano muovendo a forza di braccia il congegno del tritacarne. Gli adulti aizzavano furbescamente noi giovani mettendoci gli uni contro gli altri in una stupida gara a chi resisteva di più nel girare la manovella della macchina. Per raggiungere lo scopo fingevano di parlare tra di loro con frasi insinuanti che avevano più o meno questo tono:

«Mauro è più forte di Carlo; Silvio è più resistente di Bepino; Richetto è più abile di Felice».

E noi, imberbi tonti, giù a girare come forsennati per dimostrare che eravamo capaci, mentre loro, evitando la fatica, ridevano.

All'imbrunire del secondo giorno era tutto finito. Il nostro amico, ormai insaccato, pendeva dal soffitto, sospeso alle bianche bacchette di nocciolo. Sotto la cappa del camino venivano messe ad affumicare tutte le ossa della bestia che, minuziosamente scarnificate, servivano a insaporire le minestre dell'inverno.

In quei giorni quasi sempre nevicava e l'atmosfera del Natale raccoglieva le persone attorno al fuoco della sera. I vecchi raccontavano il loro passato, immancabilmente triste, mentre fumavano la pipa.

Ricordo uno di quei vegliardi che per accenderla prendeva con le dita una brace incandescente e con estrema lentezza e indifferenza la ficcava nel fornello tenendola schiacciata, sempre con le dita e, dialogando e aspirando, la pressava finché non ne usciva il fumo azzurro della combustione. Tentavamo anche noi di imitarlo nel dominare il dolore provocato dal fuoco raccogliendo con le mani un carbone ardente, ma le nostre giovani estremità resistevano solo un lampo di secondo. Il vecchio, invece, aveva le punte delle dita ormai carbonizzate dall'uso.

Prima di andare a dormire si recitava il rosario. Con monotonia e in un latino che a pensarci vien da sorridere, una donna conduceva l'orazione pasticciando le parole con infiniti errori, ma credo che agli occhi del Padre Eterno quelle preci fossero ugualmente gradite poiché la fede di quella gente era tanta e sincera.

Poi mia nonna, che era analfabeta, elevava a Dio una rudimentale preghiera per ringraziarlo di tanta abbondanza, e nel farlo accennava con gli occhi ai salami appesi. Infine copriva le braci con la cenere per ritrovarle vivide al mattino dopo, quando doveva riaccendere il fuoco. Premendo col tubo del soffietto, stampava sulla sommità del piccolo cumulo l'impronta di una croce, per tener lontani gli spiriti malvagi.

Quando fuori la notte era ormai salita dalle montagne innevate fino ai lontani limiti del cielo, andavamo a dormire, sognando il Natale imminente e tutte le cose buone che esso avrebbe portato.

GENTE

Le Prime Scarpe

Fino ai giorni tragici del Vajont, nell'ottobre del '63, non avevo ancora posseduto un paio di scarpe. Le nostre calzature di bambini dei monti erano gli *scufòns*. Venivano confezionati a mano dalle donne, trapuntando uno sull'altro diversi strati di tessuti per formare la suola. La tomaia invece era in velluto nero, rinforzato all'interno da robusta tela e con un fiorellino dai colori sgargianti ricamato sulla punta. Il tipo di fiore variava a seconda dei paesi, in modo da poter riconoscere la provenienza.

Gli *scufòns* erano strumenti da corsa molto pratici. Veloci da calzare perché privi di legacci, si logoravano però molto presto. La nonna faceva fatica a rifornire tutti i nipoti perché li demolivamo in pochi giorni di continue scorribande per boschi e rocce. Giungeva allora in suo aiuto una religiosissima zia sordomuta, nubile, pia e altruista al punto da essere ritenuta, in paese, una santa. Questa zia, la notte che il monte Toc precipitò nell'acqua del Vajont, mi offrì l'opportunità di compiere, a tredici anni, un gesto di coraggio di cui ancor oggi vado fiero. Al boato tremendo della frana che cadeva, eravamo fuggiti tutti come lepri. Io scappai con la nonna e, tenendo un mio fratello per mano e l'altro piccolo sulla schiena, mi rifugiai su un colle. Mio padre era in giro da una settimana a caccia sulle montagne. La vecchia zia sordomuta restò sola: non si era accorta di nulla. Dai prati dove ci eravamo riparati, nessuno voleva rischiare di tornare giù per metterla in salvo. Io volevo bene a quella brava donna: era lei che ci curava, che ci lavava i vestiti, che ci accudiva insomma, perché nostra madre s'era perduta da tempo in città lontane. Senza esitare tornai nella casa che ancora vibrava per lo spostamento d'aria e, col terrore che mi paralizzava, riuscii a tirar fuori la vecchia da quella pericolosa situazione.

Era lei l'esperta fabbricatrice di *scufòns* della famiglia. Nelle lunghe sere invernali, accanto al fuoco, preparava le suole di pezza, trapuntando per ore e ore con ago e filo, senza mai levare il capo dal lavoro. Oppure, con la piccola macchina da cucire Singer a manovella posta sulla panca del camino, costruiva le tomaie ritagliandole da un bel velluto nero e liscio su cui il fiore colorato risaltava in maniera vivacissima. Così facendo si portava avanti col lavoro poiché sapeva che a primavera ci saremmo scatenati in corse forsennate, distruggendo molte paia di quegli umili calzari. D'inverno mettevamo le galosce di legno che mio nonno costruiva ad arte, da abile artigiano qual era. La neve veniva giù piano piano, fitta e quieta, e noi guardavamo in silenzio fuori dalla finestra i lenti fiocchi che scendevano. In mezzo ad essi scorrevano lontani i ricordi dell'estate, mentre i colpi dell'attrezzo sul ceppo, ritmati dalla mano sapiente del nonno, rompevano il magico silenzio dell'inverno.

Di galosce ne avevamo anche un paio speciale con la suola opportunamente piallata e liscia. Venivano usate a mo' di pattini in rischiose discese sulle ripide stradine gelate del paese. Avevamo raggiunto, in questo sport, un equilibrio da far invidia ai funamboli del circo, che in seguito mi aiutò non poco nelle arrampicate su roccia.

Erano queste, fino all'ottobre del '63, le nostre uniche calzature.

A essere sincero, un paio di scarpe le avevo avute, qualche anno prima. Vicino al paese c'era una discarica, anzi, in giro ce n'era più di una perché allora la gente non era ancora animata dalla fiamma dell'ecologia e buttava qua e là, un po' dove capitava, il poco scarto prodotto dal vivere quotidiano. Noi ragazzi rovistavamo spesso in questi immondezzai poiché, con un po' di fortuna, ci si poteva imbattere in qualcosa di utile. E poi, cosa più importante, andavamo a caccia dei tubi di conserva vuoti avendo scoperto che, schiacciando con forza l'imboccatura rotonda, usciva ancora qualche centimetro di sugo. Forse è proprio frequentando quei luoghi da *pantegane* che ho sviluppato gli anticorpi necessari a non crepare d'infezione, quegli stessi che oggi aiutano ancora la mia salute.

Fu appunto in una discarica che un giorno d'estate trovai il mio primo paio di scarpe. Ne individuai subito una, ma la seconda mi fece penare non poco prima di lasciarsi appaiare alla sorella. Erano due scarponcini a punta quadrata color marroncino chiaro, con una fibbia sul bordo esterno e privi di stringhe.

A quello sinistro mancava l'intera suola mentre l'altro era completamente scucito da un lato.

Li portai a casa e li feci vedere, entusiasta, a mio nonno che valutò di poterli recuperare e si mise subito all'opera. Era abile il vecchio, e con le mani sapeva fare di tutto. Si procurò da un calzolaio del paese una suola usata e con dei chiodini piccoli piccoli la fissò allo scarponcino mentre io seguivo impaziente il lavoro.

Poi, usando del filo passato nel sapone e forando la suola con la *subia,* la cucì tutt'attorno. Tagliò quindi con il coltello la parte che debordava e uno scarponcino fu pronto. Il nonno riparò anche l'altro, provvedendo a cucire lo strappo che sembrava una bocca ghignante.

Il giorno successivo al fortunato ritrovamento gli scarponcini erano a posto e li provai. Mi stavano un po' grandi ma, mettendo due paia di calze grosse, mi andavano abbastanza di misura. Ero raggiante. Il vecchio li aveva unti col grasso di maiale che tenevamo sempre appeso sotto al soffitto, così da farli sembrare proprio nuovi.

Ma la gioia di possedere un paio di scarpe vere, di quelle che vedevo nelle vetrine di Longarone quando andavo con mio padre a vendere i galli forcelli o le pelli delle volpi, doveva durare poco. Verso sera me ne stavo orgoglioso sulla piazzetta del paese assieme agli altri ragazzi compagni di giochi, quando una donna sui quarant'anni, dopo avermi osservato, si avvicinò. Calò lo sguardo per un attimo sui miei piedi poi, col tono sicuro e sprezzante di chi è senza pietà, sbottò:

«Quelle scarpe sono mie».

Sentii la vergogna e l'umiliazione cambiare il

colore del mio viso e cercai di salvarmi come può farlo un bambino di undici anni.

«Io non so niente - risposi - le ho trovate nel Rio di Valdenere che le avevano buttate via.»

«Lo so - ribattè la donna, seccata - le ho buttate via io stessa, e tu dovevi lasciarle dove erano.»

A quell'età non conoscevo ancora la malvagità gratuita perciò mi prese una paura folle di aver combinato qualcosa di grosso.

«Se vuoi te le ritorno», dissi intimorito e umiliato mentre un odio feroce mi suggeriva di scagliarmi contro quella carogna.

«Si, adesso me le ridai, - rispose la vigliacca fiera della sua forza - e subito, altrimenti chiamo i carabinieri.»

A quelle parole pensai al nonno e me lo immaginai mentre veniva portato in prigione. Senza fiatare tolsi dai piedi gli scarponcini, lentamente, sperando che intanto qualche adulto intervenisse in mio aiuto. Ma in quel momento sulla piazza c'erano solo bambini. Consegnai allora quelle scarpe tanto desiderate nelle mani della megera che se ne andò soddisfatta avvertendo:

«La prossima volta lasciale dove sono, capito?»

Tornai a casa in calze soffocando le lacrime perché, mi avevano insegnato che non bisogna mai piangere. Mio padre durò non poca fatica a frenare l'ira del nonno che, armato di *manera*, era partito per andare a punire la malvagia.

Non ho mai saputo se la donna buttò via di nuovo le scarpe o se le tenne per sé, visto che erano tornate come nuove. Qualche anno dopo accaddero i fatti del Vajont e di scarpe ne circolarono fin troppe. Ce n'erano talmente tante che qualcuno ne scaricò un intero camioncino in una forra perché rischiava di essere scoperto mentre le stava rubando per rivenderle.

Noi due fratelli fummo portati al collegio Don Bosco di Pordenone dove restammo ospiti tre anni e dove si provvide a sgrezzarci un po'. In quel periodo avevamo calzature ottime ma mancavano i prati per volarci sopra. Fra quelle mura però imparai molte cose e mi fu insegnato l'amore per la lettura, per i libri, per l'arte. Sarò grato fin che vivo ai preti del Don Bosco, anche se oggi va di moda rinnegare gli antichi maestri e disprezzare l'opera dei sacerdoti.

Adesso le ditte produttrici di scarpe, zaini e corde mi regalano tutti i materiali che voglio, purché faccia delle foto pubblicitarie con i loro prodotti. Ma ormai gli entusiasmi sono passati, e sogni non ne faccio più. Anzi sento che presto non avrò più bisogno di niente per scalare le montagne: tornerò a camminare scalzo per sentire il contatto con la terra, finché questa non si aprirà per accogliermi con sé.

Siamo alle soglie del terzo millennio, e molto tempo è trascorso dal triste episodio delle scarpe sottratte. Incontro quasi tutti i giorni quella donna bieca, ormai invecchiata: la mia bottega di scultura si trova di fronte alla chiesa e la vedo che va sempre a Messa.

Forse lei non ricorderà neppure quel lontano gesto di inutile malvagità.

O forse va a Messa proprio per farselo perdonare dal buon Dio. Lui, nella sua grande misericordia, sicuramente lo ha già fatto. Io, nonostante l'azione benefica che produce sull'animo la lima del tempo, non ci sono ancora riuscito.

Il Vecchio Cacciatore

Scende il vento dell'estate dalla cresta affilata e accarezza dolcemente la montagna misteriosa. Lui sta seduto sul colle, sotto quella montagna, tra le erbe che già emanano odori d'autunno. La sua casa è a pochi passi, anch'essa nascosta dall'erba del tempo. Sul prato un bottiglione. Ogni tanto tira un sorso e si gira a guardare i camosci. Alzando il braccio li indica porgendomi il binocolo. Sono quindici camosci che pascolano tranquilli sul costone di Cerenton. Camosci belli, grandi, con le corna lunghe e sottili come si trovano solo quassù, sulle Alpi Carniche, oppure in Abruzzo. Un tempo li cacciava ed era diventato il più bravo di tutti.

Aveva incominciato a cacciare da ragazzino, assieme ai vecchi e taciturni maestri di allora, che ogni tanto ama ricordare con nostalgia e ammirazione. Rimasto orfano di entrambi i genitori appena nato, aveva dovuto imparare subito a difendersi per sopravvivere. I burberi cacciatori di camosci se lo tiravano dietro nelle battute, usandolo come cane da ricerca. Il suo compito era quello di stanare la selvaggina; aggirandola e facendola fuggire con urla e colpi di fucile, la spingeva astutamente verso le poste ove i colpitori aspettavano guardinghi e silenziosi.

Fegato, polmoni e cuore della bestia venivano

mangiati subito, sul posto, dagli affamati cacciatori. Il resto si portava a casa per sfamare le famiglie.

E venne il giorno in cui anche lui uccise il suo primo camoscio e, come impone il rito, dovette bere il sangue della bestia abbattuta. Piano piano, anno dopo anno, imparò i trucchi del mestiere e come spesso succede ai creativi ne inventò di suoi per catturare le prede. Gli piaceva stare nei boschi e tra le rocce vivendo di ciò che la natura offriva.

Anche oggi che il suo volto s'è spento nella tristezza e le gambe lo spostano di malavoglia, se insisto un po' mi porta a raccogliere infinite qualità di erbe commestibili e funghi dai colori sospetti, a me sconosciuti, che si rivelano squisiti.

Quando il sole scioglie la neve e i primi tepori risvegliano la vita, si siede, nella luce dell'alba, vicino al grande faggio. Da quel posto, sulla curva della strada, nel punto esatto dove in primavera fiorisce un maggiociondolo, ascolta il canto d'amore dei galli forcelli che s'azzuffano sulle nevi del Borgà e ricorda, guardando le cime, i tempi in cui andava a cacciare quelle splendide bestie dalle creste rosso sangue e la coda ritorta a forma di lira.

Aprile e maggio erano i mesi buoni. In quei mesi vagava nei boschi camminando tutta la notte. Doveva trovarsi sul posto ai primi chiarori dell'alba pronto a colpire il maschio che a quell'ora cerca l'amore della compagna.

Cucinati con qualche accorgimento, i galli erano buoni da mangiare, ma il loro valore era nel trofeo della coda. Da Bolzano o da Dobbiaco, a fine stagione, arrivavano al villaggio pittoreschi personaggi ad acquistare code che fissavano sui cappelli quando partecipavano alle feste in costume dei loro paesi. Una bella coda di gallo vecchio, con cinque penne storte, poteva rendere l'equivalente di centomila lire d'oggi.

Per quanti anni è vissuto in questo modo? Molti dice, ma allora era giovane e oggi è convinto che non serva a nulla ricordare quei tempi.

Poi la necessità, il miraggio del guadagno, l'illusione di un amore, lo portarono a visitare la Svizzera. Lì ebbe una famiglia, dei figli, conobbe forse un periodo felice che dai suoi mugugni però si indovina molto breve.

Infine il ritorno al paese. Solo.

La gente che non sa, ma che mangia bene tutti i giorni, fa presto a criticare il comportamento altrui. Ma vi sono legami genetici che vanno oltre la forza della paternità o dell'amore per una donna. Sono quelli che il chiodo degli avvenimenti incide sul nostro DNA. Non è vero che il DNA si eredita, il DNA lo si costruisce nel periodo della prima infanzia. Uno può ereditare dai genitori la linea dei tratti somatici ma quella del cuore si modifica a seconda del destino. Un bambino che nasce da genitori allegri e ottimisti dovrebbe, in teoria, assomigliare ad essi. Ma se questo bambino vive la sua infanzia nel dolore, nella miseria, nelle privazioni, nei patimenti, e se per di più è orfano, non sarà mai allegro. Diventerà triste. E così rimarrà per il resto dei suoi giorni perché il suo codice genetico è stato graffiato dall'unghia della tristezza e se metterà al mondo dei figli saranno anch'essi tristi, in origine. Ma quei figli, crescendo, scolpiranno il loro codice in relazione al modo con cui verranno trattati dalla sorte e cambieranno a loro volta la prima scrittura genetica ricevuta dai genitori.

Il richiamo che fece tornare l'amico era quello dei boschi, delle acque, degli inverni ovattati, dei bivacchi accanto al fuoco sotto i *landri* rocciosi del Bosco Nero o del Col Alto, assieme al ricordo dei vecchi cacciatori che lo avevano iniziato. E tornò col pensiero alle notti inquietanti quando tredicenne aspettava le martore, nella remota casera Galvana dove vive la strega che ha legato il suo nome a quei luoghi. Il cuore era là.

Riprese la vita sospesa di un tempo. Impiegava i giorni nella ricerca di selvaggina. Camosci, caprioli, galli forcelli, urogalli, e d'inverno volpi, martore. Non cacciava più per fame, come ai tempi della miseria, ma vi era costretto, spinto dall'istinto.

Intanto gli anni passavano e col tempo tornavano i ricordi. L'età che avanza non regge la solitudine e vivere diventa difficoltoso. Rimorsi e rimpianti popolano le notti insonni nel rammarico che il bene perduto non si ritrovi più. La vita diventa una valle i cui bordi ogni giorno s'allontanano maggiormente. Allora chi è abituato a non tornare mai indietro si sente morire e per salvarsi afferra la bottiglia. E la bottiglia piena di vino e solitudine distrugge un uomo in poco tempo.

Ormai ha passato i sessanta e il viso gli si sta rimpicciolendo sempre più. Solo i capelli resistono, irsuti e ancora scuri, ribelli come il loro padrone.

Ma nonostante l'alcol e l'età il suo volto ha un

aspetto dolomitico e non raggrinzisce come quello di chi invecchia al chiuso. Si sta consumando, si leviga come fosse colpito dai venti patagonici che smussano e limano gli spigoli dei giganti di pietra. Sembra un ciottolo di torrente scavato e pulito dall'acqua del tempo. Perché, anche se le gambe non lo reggono più bene, lui continua a vivere fuori casa, tutto il giorno, sul colle, all'aria aperta.

Certe volte lo prende un'impennata rabbiosa e, nell'illusione di allontanare da sé la decadenza, ritorna sulle montagne per due o tre giorni. Vuole dimostrare a se stesso che è ancora valido, che è ancora capace, che non è finito. Ma sono guizzi sempre più rari. Inoltre, i colpi d'orgoglio di un uomo sono la prova che sta andando verso la fine, che si sta spegnendo, che non agirà più.

Ogni tanto vado a trovare quell'uomo che siede stanco sul colle delle acacie. Ai miei cauti consigli risponde, con dignitosa malinconia, che il tempo è passato e che ormai si accontenta solo di vedere e di sentire. Accanto a sé, nell'erba, ha sempre il bottiglione.

Camosci, caprioli, cervi, forcelli, cedroni, donne, affetti, se ne sono andati sempre più lontano da lui. Egli segue il movimento della terra e delle stagioni da quel colle, ai bordi della vita, come un ospite rassegnato del tempo che gli resta da vivere. Arrivati alla fine della strada è facile smarrirsi tra i mughi dell'oblio. Allora, prima che il cerchio si chiuda, ci verranno incontro i ricordi dell'infanzia e torneremo con la mente nei luoghi della crescita.

Quando era un piccolo orfanello veniva lasciato dai parenti dentro una cesta di vimini, su quel colle, a respirare l'aria pura del mattino per fortificarsi. E adesso, dopo una vita dolorosa, si trova ancora là. Ma l'aria che respira è quella della sera e la sua culla è tutta la natura.

Non gli ho mai chiesto perché sia rientrato dalla Svizzera. Non chiedo mai al prossimo il perché di niente. I perché sono la rovina del buon vivere con gli altri. Ma forse non saprebbe nemmeno rispondermi. Io però credo di intuirlo: a richiamarlo è stato il grande faggio, quello sulla curva della strada, vicino alla casa, sotto il quale a primavera fiorisce un maggiociondolo. Quel maestoso albero dove lui, stanco e senza speranze, si accuccia la sera a spiare i camosci sul costone del Cerentòn, o a sentire il canto dei forcelli, forse per l'ultima volta.

L'Ultimo Arrotino

Compariva nella valle a primavera, ma non lo si vedeva mai arrivare. Ci si accorgeva di lui notando il furgoncino parcheggiato nelle piazze dei paesi. Piccolo, il viso rotondo e rubizzo, lo sguardo lontano di chi non ha nessuno; l'inseparabile grembiule blu e il copricapo con penne di gallo forcello lo facevano assomigliare a un contadino del Tirolo. Età indecifrabile, forse sessant'anni. Era Luigi, dal domicilio sconosciuto e di professione arrotino, probabilmente l'ultimo esponente di quei personaggi eternamente erranti, cari alla memoria di chi come me ha avuto la fortuna di conoscerli.

Brevi ed enigmatici erano i passaggi degli arrotini, degli stagnini, dei calderai. Arrivavano sempre uno alla volta per non farsi concorrenza. Li ricordo con nostalgia. Erano virtuosi di mestieri ormai divorati dal progresso, sospinti nell'oblio dalla feroce avanzata dell'usa e getta. Figure magiche e lontane che incuriosivano e allietavano per qualche giorno le nostre avventurose giornate di bambini dei monti.

Lavoravano seduti per terra, sulle piccole piazze dei paesi. Nelle calde giornate d'estate sceglievano gli angoli d'ombra. Noi li spiavamo con grande rispetto, avvicinandoci un poco alla volta fino a ottenere da loro un gesto di consenso. Sotto i nostri occhi increduli i vecchi e sfilacciati ombrelli riprendevano la forma originale. Nelle mani dei calderai, i paioli rotti ritornavano lucidi e funzionanti e potevano di nuovo contenere l'acqua per la polenta.

Ai nostri sguardi di fanciulli quelle umili professioni apparivano come una magia. Soprattutto gli arrotini, che venivano da lontano, avevano strani attrezzi e tacevano sempre, sembravano proprio maghi misteriosi.

Chissà dove sono finiti quei lontani amici dell'infanzia. Fino a un paio di anni fa uno di loro esisteva ancora. Arrivava a primavera quando cantava il cuculo, forse per rispondere al segreto richiamo di chi non riesce a dimenticare, di chi non accetta per intero gli eccessi del mondo moderno.

Una volta lo incontrai in un paese vicino. Parlammo un po' davanti a un bicchiere. La sua fugace presenza risvegliò la nostalgia di un incontro che poteva essere già l'ultimo.

«Non si lavora molto, ma tocca accontentarsi - confessava. - Mi fanno arrabbiare gli ombrelli automatici, quelli che si aprono schiacciando un bottone. Sono complicati da aggiustare e facili a rompersi. Non riesco a capire perché l'uomo, cercando continuamente nuove comodità, si renda invece la vita sempre più difficile. Di forbici se ne arrotano ancora quassù in montagna, di coltelli un po' meno.»

Mi rivelò che i coltelli affilati lo spaventavano più di una pistola. Era deluso dallo Stato che lo perseguitava con la dichiarazione dei redditi. Possedeva un'attrezzatura diversa dai vecchi arrotini dei ricordi. Loro avevano la bicicletta con sopra montata la mola e tutti gli accessori; la mola veniva fatta girare dai pedali dopo aver sollevato le ruote da terra mediante un cavalletto. Lui invece s'era modernizzato: usava un vecchio furgone al cui interno stava fissato l'attrezzo del suo lavoro.

«Ti immagini a girare oggi in bicicletta con il traffico che c'è, con tutti quei matti che corrono in macchina! Non duri neanche un giorno» rispose alla mia patetica domanda sul perché non adoperasse l'antico mezzo che usavano gli arrotini del passato.

Ma anche con il furgone e qualche altra comodità la sua singolare figura non aveva perso quel fascino di solitario, enigmatico vagabondo che avevano i suoi colleghi di tanti anni prima.

Non ho mai saputo se avesse una famiglia o se vivesse da solo, come non ho mai scoperto il segreto della sua arte. So per esperienza che affilare forbici è difficilissimo. Mi domando anche come facesse a riconoscere le proprietarie di tutte quelle forbici che teneva confuse in un grosso mazzo, senza nessun segno di riconoscimento.

Della sua vita non gli ho mai chiesto nulla. Intuivo che avrebbe preferito non rispondere. Così non conoscerò mai il segreto dell'ultimo arrotino.

Si fermò una settimana lavorando a Claut, Cimolais e Erto. Poi quell'aprile ci furono giornate bizzose e cadde un po' di neve. Lui se ne andò furtivo tra i fiocchi che scendevano, in silenzio com'era arrivato, senza salutare nessuno, autentico zingaro della vita.

Sono trascorse due primavere da quell'ultimo incontro e Luigi non è più tornato. La sua esistenza di personaggio raro era già segnata dal destino: oggi il tempo non risparmia le cose fragili. Probabilmente Luigi ha intuito tutto. Ha capito che la società odierna s'affanna a proteggere gli animali e non si cura di salvare gli uomini in estinzione. Di fronte a questa realtà, siccome gli umili non hanno voce ma consistente dignità, Luigi, se non è morto, sicuramente ha preferito scomparire.

La Venditrice Ambulante

Quando abitavo nel paese vecchio andavo spesso a trovarla. Erano i suoi ultimi anni ma non lo sapevo. Sospesi quelle visite solo quando m'accorsi che non mi riconosceva più.

Viveva in una casa piccola, dentro una stretta via lastricata di ciottoli. Un tempo quella contrada era popolata di famiglie; poi franò il monte Toc nella diga del Vajont e tutto cambiò. Il 9 ottobre del 1963 duemila persone entrarono nel nulla per l'ambizione e l'interesse altrui. Chi ebbe la fortuna di scampare se ne andò e il paese rimase vuoto. Ma lei volle restare. Continuò tenacemente ad abitare la casa dei suoi avi assieme a un fratello più anziano e due sorelle. Il fratello era stato a Fiume con D'Annunzio e raccontava ironicamente di essere stato promosso dal Vate al grado di caporalmaggiore per «meriti di confusione».

Quando il paese venne evacuato fu lei che decise di non muoversi. A sessant'anni si sentiva vecchia e stanca anche se era la più giovane della famiglia. Aveva camminato tutta la vita e non voleva più spostarsi in nessun posto.

Piccola, con le gambe storte, conservava il viso ancora bello tanto da suscitare spontanea la curiosità sul suo aspetto a vent'anni. Diceva, parlando dei suoi arti inferiori, che le si erano piegati da bambina, al momento della crescita, a causa dei pesi sproporzionati caricati nella gerla. La mandavano a raccogliere legna fino alla forcella Camp e quasi tutti i giorni, dalla primavera al tardo autunno, portava a casa fasci di grossi rami sulla schiena. Le ossa giovani e ancora molli si incurvarono irrimediabilmente.

Dopo l'adolescenza fu avviata al commercio ambulante. A piedi, da sola o in compagnia di una sorella, girava l'intero Friuli arrivando fino a Trieste. Sulle spalle teneva sempre incollata la gerla. Vendeva oggetti di legno: cucchiai, ciotole, taglieri, mestoli, che il fratello intagliava nelle quiete sere dei lunghi inverni montani. Spingeva il carretto dalle ruote di legno, zeppo di robe da vendere, per tutti i paesi della bassa friulana. Nei villaggi lasciava il carretto in custodia a qualche famiglia amica e iniziava a girare casa per casa con il cesto e la gerla nella speranza di vendere gli umili oggetti. Restava lontana dai suoi monti tutta l'estate.

A volte, quando le vendite o meglio gli scambi erano andati bene, tornava al paese natio per rifornirsi di materiale. Rientrava definitivamente all'inizio dell'inverno col carro pieno di roba da mangiare, pochi soldi e nuove speranze.

Trascinava il rudimentale veicolo per la Valcellina su una strada in terra battuta che richiedeva fatica disumana. Visitava Gorizia, Udine, Palmanova, e al termine di ogni giornata trovava rifugio per la notte presso famiglie benevole che la sistemavano nella stalla, distesa sul fieno, accanto al calore delle bestie. E sempre quella brava gente la sfamava come fosse una di loro.

Quasi tutte le donne della valle facevano le *sedonere*, e molte spingevano i loro carrettini fino a Genova. Erano sempre vestite di nero, magre, con ai piedi gli *scufòns* e in testa il fazzoletto scuro dai lunghi pizzi. Lo scrittore friulano Carlo Sgorlon ne fa un ritratto molto bello. Nei suoi racconti le chiama *sedonere* proprio perché vendevano *sedòn*, cioè cucchiai di legno.

La gioia del ritorno s'accendeva quando arrivava alla strada di Montereale. Da quei tornanti poteva assaporare di nuovo aria di casa. Nei giorni di novembre la valle si riempiva dei vapori autunnali rendendo il rientro ancora più struggente. Sul carro, in mezzo ai molti viveri, c'era sempre una botticella di vino di trenta, quaranta litri da portare agli uomini che lavoravano nei boschi. Nelle soste del viaggio era spesso tentata di assaggiarne qualche sorso ma quando le capitò di farlo il vino le tagliò le gambe. Era più conveniente berlo a casa, tutti insieme, accanto al fuoco!

Nelle grandi case coloniche friulane era conosciuta e attesa, e dappertutto rispettata. In uno di quei cortili ricchi di vita incontrò anche l'amore.

Mi raccontava - e i suoi occhi s'illuminavano - di aver conosciuto un giovane bellissimo che le aveva promesso di sposarla. Lei, che allora aveva diciannove anni, si concesse con spontanea innocenza, convinta di aver trovato l'uomo del destino. E in un certo senso lo fu perché non lo dimenticò mai finché visse. Diceva che era alto con gli occhi azzurri, e che i suoi vecchi possedevano una stalla piena di mucche. Non voleva quasi più tornare a casa tanto era felice di quel sogno bello e improvviso. Ma quando in autunno ripassò in quel cortile, del giovane non vi era più traccia. Alla sua timida domanda risposero che era andato a cercare fortuna in America perché non gli andava di fare il contadino.

Era stata addestrata fin da piccola a sopportare i colpi della vita, ma questo la segnò in modo particolare. Guardò il suo volto riflesso nell'acqua immobile della vasca, salutò tutti e se ne andò. Pianse solo quando, uscendo, ebbe dato le spalle a quella brava gente.

Non tornò più in quella casa, e non volle mai sposare alcuno nei lunghi anni che le restarono da vivere. Uomini ne conobbe ancora ma nessuno la interessò tanto da volerlo tenere con sè per sempre.

Verso gli anni Sessanta, quando per l'avanzata prepotente della plastica la vendita ambulante di oggetti in legno incominciò a non rendere più nulla, si ritirò definitivamente dal commercio. Nelle sere d'inverno qualche volta veniva assalita dai ricordi. Ripensava con nostalgia alle lontane pianure friulane, alle buone famiglie che l'avevano ospitata per anni, ai paesi dove tutti la conoscevano, e a quel giovane alto dagli occhi color genziana.

Nel villaggio natio riprese l'antica vita d'un tempo. Tornò a falciare i fieni sul Col di Cuore, uno dei pascoli più remoti della valle.

Qualcosa intanto era venuto in aiuto ai montanari: infatti non si portavano più i fasci di fieno sulla schiena, ma si trasportavano appesi a vertiginose teleferiche. La fatica però rimaneva sempre presente.

D'estate abitava in una casa sul lato a settentrione della valle. Per poter tagliare l'erba di quei costoni ombrosi si alzava alle tre del mattino e saliva a Forcella Camp e sul Monte Certen come quando era bambina. Lassù, con il falcetto, rasava le erbe minuscole e ricche di essenze che crescevano tra le rupi.

Teneva nella stalla tre mucche che curava come fossero figlie sue. Faceva loro lunghi discorsi parlando come alle persone. Non se la prendeva mai. Non l'ho mai vista arrabbiarsi, nemmeno quando le mucche, mentre mungeva, le sbattevano sulla faccia la coda intrisa di liquami.

Suo fratello le dava una mano, ma ogni tanto si assentava - a volte anche per otto giorni - preda del male di vivere che lo portava nelle osterie del paese ad annegare i suoi pensieri.

Credeva fermamente in Dio e andava a Messa ma alla sua fede concedeva delle varianti personali. Ad esempio quando morì suo fratello, ogni sera si recava alla sua tomba a parlargli. Convinta che la potesse sentire, lo teneva informato, discorrendo ad alta voce, sugli avvenimenti della giornata appena trascorsa.

«Le mucche stanno bene, una ha mangiato poco; ho portato il latte in latteria; oggi ho iniziato a vangare il campo. Tu come stai? Fa freddo di là? Non ti preoccupare che qui va tutto bene.»

Viveva in una semplicità disarmante che forse è il segreto della serenità. Molte volte troppo sapere conduce all'ansia, poiché ci pone di fronte a domande inquietanti.

Lei invece non si poneva nessun perché: viveva e basta. Viveva in armonia con la natura e gli animali e possedeva la fede; tutto qui.

Quando si parlava di qualcuno ormai passato nel regno delle ombre, lasciava cadere lacrime di sincero dolore. Piangeva con facilità perché era una persona pulita.

Poi una notte la montagna precipitò nel lago e uccise tutta quella gente. Il paese venne evacuato e i superstiti furono sparpagliati come sementi nei paesi della valle. Lei, assieme a pochi testardi, non si mosse ma fu tagliata fuori da ogni aiuto. Dovette vendere le sue amate bestie.

Avevo tredici anni e non dimenticherò la scena di quando vennero a prenderle. Piangeva e le salutava chiamandole per nome e pronunciando un continuo ciao:

«Ciao Vecia, ciao Colomba, ciao Rosa, non vi vedrò più.»

Fu un momento d'addio struggente e pieno di malinconia, espresso con la semplicità che solo le anime buone possiedono.

Il disastro del Vajont aveva cancellato in pochi secondi secoli di cultura, tradizioni, storia, vita. Il rapporto col tempo e le stagioni fu spazzato via in trenta secondi. Per molti anni non si falciò più l'erba dei pascoli, non si andò più alle malghe, non si tagliò più la legna nei boschi. Le bestie da latte furono eliminate, e alla sera nelle contrade non si udirono più i canti delle persone. Le umili osterie vennero chiuse e sul paese abbandonato calò una grande tristezza.

Trascorsero anni sempre uguali, vissuti nell'apatia, levigati come pietre dei torrenti dal dolore, intristiti dallo scorrere monotono del tempo, sospesi e inutili. E non succedeva mai nulla che fermasse quel lento viaggio.

Nel frattempo il fratello, sua guida e punto di riferimento, morì e le sorelle traslocarono in un altro paese. Lei rimase sola.

Restò fedele a quel mondo arcaico che aveva conosciuto da bambina. Fedele a quei cicli che vivono del respiro della terra, fedele a quegli anni passati nel lavoro e che il Vajont aveva cancellato per sempre.

Molte volte però fatti drammatici e repentini non vengono sopportati dall'animo umano. Non vi è spazio nella testa di chi è più sensibile per mettervi la rassegnazione. E la sofferenza senza speranza innesca un processo di autodifesa che toglie la ragione nei cervelli più vulnerabili. Chi invece riesce a sostenere il dolore guidando la ragione può morire di crepacuore.

Lei non morì ma la sua testa se ne andò altrove. Camminò a ritroso nel tempo fino a tornare bambina. Incominciò a comportarsi esattamente come una piccola di cinque o sei anni. Giocava con rametti, pezzi di legno o sassi facendoli rivivere in bambole e gattini. S'addormentava dove capitava: per strada, sulla soglia delle case, nei prati. Raccoglieva di tutto, dai cocci di vetro, ai trucioli, ai barattoli vuoti.

Si allontanava da casa girando per le vie del paese fino a perdere l'orientamento. Quando qualcuno la trovava si lasciava ricondurre docilmente a casa. Sembra che anche la follia, nel suo manifestarsi, segua delle regole precise. Pare infatti che prima di rompersi qualcosa nel cervello, avvenga come un patto tra esso e la persona che lo possiede. Vorresti tornare bambino? Ebbene, quando impazzirai tornerai bambino. Vorresti essere un camoscio? "Sarai accontentato - dice il cervello - sto per farti diventare matto, ma stai sicuro che sarai un camoscio."

E via di questo passo con migliaia di varianti. È come afferrare l'ultima possibilità di essere ciò che non siamo stati, o di rivivere un'età che fu per noi felice, o per i violenti di difendersi dalle loro paure.

Ma nel mondo civile non è facile essere accettati in queste condizioni. Lei incominciò, si disse, a esagerare. Molte volte faceva la pipì come le bestie, stando in piedi e ovunque si trovasse.

Si allontanava sempre di più dal paese, e non di rado le toccò dormire fuori, nei boschi, perchè si era smarrita.

Qualcuno si preoccupò e per aiutarla mise in atto la soluzione più semplice che la logica suggerisse.

La donna in eterna fuga fu bloccata un mattino di luglio. Era in atto quel po' che restava delle grandi fienagioni di un tempo e l'effluvio delle erbe essicate si spandeva nelle sere afose profumando tutto il villaggio. Si dovevano falciare, raccogliere, ammucchiare i foraggi e non vi era tempo per badare a lei. E chi non lavorava sui prati aveva altro da fare.

La fuggitiva venne fermata usando una corda

da fieno. Tutte le mattine qualcuno, addetto alla custodia, la legava alla vita con un nodo molto stretto e dopo averle concesso un metro di fune fissava il capo di questa all'inferriata di una finestra bassa della casa dove viveva la povera donna. Non riuscendo più a ragionare, non era capace di sciogliere quel semplice nodo che anche un bambino sarebbe riuscito a disfare. Allora incominciava a dare piccoli strattoni spostandosi continuamente avanti e indietro con il corpo, tirando fino allo sfinimento. Con quei gesti pareva volesse evocare quel lontano movimento d'amore di oltre quarant'anni prima col giovane friulano dagli occhi azzurri. Per sette, otto ore strattonava il legaccio che le serrava i fianchi piagati, spingendo tenacemente sulle piccole gambe, arcuate dalle fatiche adolescenti, nell'illusione di poter scappare.

Chi passava da quelle parti era tentato di liberarla ma se lo avesse fatto avrebbe dovuto assumersi ogni responsabilità nel caso le fosse successo qualcosa, e di fronte a questo rischio preferiva tirare dritto. Quando lei si accorgeva che il passante fingeva di non vederla lo insultava rabbiosa, aggiungendo agli epiteti la minaccia che prima o poi sarebbe arrivato il suo moroso dalla pianura friulana e, dopo averla liberata, li avrebbe uccisi tutti.

Passarono i giorni di quell'estate rovente e trascorse anche l'autunno con i suoi colori tristi. Venne l'inverno e non la si vide più. Sul balcone restava ancora appeso il pezzo di corda con l'estremità sepolta nella neve. Il "capriolo", che per tanti giorni vi era stato legato, non esisteva più. Rimaneva solamente quella spietata testimonianza dell'ingratitudine umana.

Seppi che era stata tradotta nell'ospizio di un paese vicino. Là almeno poteva camminare libera nei corridoi, anche se non parlava più con nessuno. Concluse i suoi giorni terreni cercando di scorgere da una finestrella le montagne di Erto, le sue montagne. Oltre quei picchi vi era la sua casa ormai senza vita.

Una di quelle cime in particolare accendeva gli occhi vuoti della donna. Era quella alta e scura che s'intravvedeva sulla destra della valle. Era il Monte Toc, la montagna che i giornali, all'epoca del disastro, definirono assassina e che invece non aveva nessuna colpa.

Lei se ne andò così, in silenzio, la mente fissa nei ricordi confusi di una tragedia che lasciò i sopravvissuti nel dolore e nel rimpianto di aver perduto tutto, e relegò qualcuno dei più sensibili nel limbo oscuro di una quieta e inevitabile follia.

L'Amico Buono

Ho un amico che è venuto al mondo con l'animo buono. Chi nasce con questo difetto non possiede malizia e di conseguenza non potrà mai essere un oculato amministratore dei suoi beni. I veri buoni sono pronti a donare tutto e sempre; perciò, con ogni probabilità, prima o poi si troveranno sul lastrico. Un tempo, quando gli uomini erano meno cinici nei confronti del prossimo, i buoni venivano rispettati e spesso anche compresi. Oggi, che nell'animo umano la cattiveria predomina incontrastata, il giudizio sulle persone di cuore che per troppa bontà hanno perso tutto è quasi sempre negativo. Fallito e buono a nulla sono gli aggettivi che accompagnano la loro esistenza.

Secondo chi esprime questi giudizi, anche San Francesco era un fallito. Nessuno di questi giudici però ha il coraggio di uscire dal suo orticello e cercare di capire perché un uomo finisca in rovina. Il nostro è il paese dove tutti danno consigli e tutti pensano di saper comporre una nazionale di calcio vittoriosa o un governo efficiente. Pare che molti di questi geni della certezza, se fossero stati al posto del mio amico, avrebbero saputo agire in maniera così sensata da evitare di perdere ciò che lui invece ha perduto. Quelli però che lo invitano a cena o gli offrono una pagnotta, oggi che si guarda attorno smarrito, si contano sulle dita di una mano. Sull'altra stanno coloro che l'hanno aiutato in passato.

Finché sua madre fu in vita le cose andarono bene. Lei era una bella signora dagli occhi scuri e accattivanti. Gestiva assieme al marito un albergo che conteneva la storia del paese. Rimase vedova presto, quando il figlio aveva appena l'età per l'asilo, e si trovò improvvisamente sola a occuparsi dell'albergo e della crescita del bambino.

Fin dall'inizio la donna intuì che quell'erede un po' ribelle, di animo buono e sincero, non era nato per il commercio. Già nell'adolescenza le aveva fatto capire che al lavoro in cucina o dietro al banco di mescita preferiva i grandi spazi liberi, i boschi, gli alti pascoli silenziosi sui quali d'estate sostavano i pastori con le greggi. Da piccolo regalava i giocattoli ai compagni di scuola e nelle scorribande giovanili era lui a fornire le merende agli amici, naturalmente tutte leccornie sottratte al ristorante di famiglia. Sua madre lo rimproverava dolcemente. Sapeva che quel figlio era malato di altruismo e fino alla fine dei suoi giorni si preoccupò di renderlo accorto, di fargli entrare in testa che non si può solo elargire, che occorre anche guadagnare: bisogna chiedere ciò che è giusto e farselo dare. Ma l'animo di una persona non si cambia e lui continuava a non potere nulla contro quella pericolosa generosità. Anzi, d'estate le prediche materne erano lo stimolo per prendersi una vacanza: all'ennesimo rimbrotto piantava tutto e si aggregava agli amici pastori girando per valli e altipiani accompagnando gli armenti.

Stava in giro anche un intero mese. Assieme a quella gente rude e taciturna imparò ad amare la natura e gli animali. Era la vita che la sua indole gli imponeva di fare: dormire all'addiaccio - sotto le stelle, col sole o con la pioggia - e camminare sempre. Sovente la stessa mamma dava ai pastori il cibo per il figlio, consapevole che i pasti di quegli uomini erano alquanto parchi.

In questo modo, tra gli agi dell'albergo e la dura vita delle transumanze, crebbe e diventò grande e grosso. Poi venne l'ora del servizio militare. I lunghi mesi trascorsi nell'adempimento del dovere lo aiutarono a sviluppare una fino ad allora latente simpatia per Bacco. Tabacco e Venere li conosceva già e, se pure con alterne fortune, rimase sempre fedele a tutti e tre.

L'ultimo vizio, appreso sotto le armi, preoccupò oltremodo la madre, che aveva passato una vita dietro al bancone del bar e di ubriachi se ne intendeva. Sapeva, la donna, che da quel crepaccio non è facile uscire indenni.

Io, che sono dieci anni più anziano di lui, ero già un veterano di bevute e così la nostra amicizia trovò un motivo in più per rafforzarsi. Non posso dimenticare le preghiere di sua madre quando mi esortava a stargli vicino affinchè non bevesse.

«Tu che hai giudizio! - diceva - Diglielo tu che hai giudizio!»

Povera santa donna. Non immaginava che stava chiedendo a Caino di salvare Abele. Quando capì non mi chiese più niente.

Poi un giorno se ne andò: un male cattivo venne a prenderla. Sapeva di dover partire e pianse.

Lo aveva fatto molte volte negli anni passati ma erano lacrime diverse perché nascevano da altri motivi. Amare ma sempre asciugate dalla speranza. Quell'ultima pena annunciava la morte: era un pianto d'addio. Pianse poco più di un anno poi morì. Qualche sapiente insinuò che erano state le malefatte del figlio degenere a spegnere in lei la voglia di vivere e affrettarne la partenza.

Invece fu il male a ucciderla. Se la portò via nonostante la sua lotta per resistere e seguire ancora un poco quel bambino di un metro e ottanta. Che intanto continuava a non trovare una strada serena. Anzi, la perdita di colei che lo aveva messo al mondo contribuì a spezzare gli ultimi freni inibitori. Gli piacevano le donne e il vino, peccati quasi ridicoli al confronto di quelli che oggi ci stiamo abituando a vedere.

Infine vi fu un tentativo di ripartire da zero. Il matrimonio poteva essere una soluzione? Non vi è peggior errore che uno spirito libero e generoso possa commettere. Invece di figli nacquero incomprensioni. Certe mogli sono come i registratori di cassa: tutto deve passare lì dentro per essere dichiarato e verificato. Entrambi non ressero. Lei non lo aiutò. Forse non si amavano, di certo non si odiarono; finirono con l'ignorarsi. Un giudice li rese liberi.

Lui seguitò a condurre la solita vita che all'osservatore banale può apparire spensierata e che invece nasconde l'angoscia e il male di vivere. Intanto, l'incauta conduzione del locale e un costoso restauro intaccarono pericolosamente il suo patrimonio. Anno dopo anno i passivi si accumularono e, come mali incurabili, minarono la proprietà dell'albergo.

Se fosse stato un disonesto avrebbe potuto salvarsi, ma la consapevolezza che comportandosi in certo modo avrebbe trascinato nei guai persone che lo avevano aiutato non gli permise di fare il furbo. L'agonia durò poco: dovette vendere tutto e a lui non rimase una lira.

Uscì da quella casa con le mani in tasca: quella casa dove era nato, cresciuto, vissuto con sua madre, con gli amici e per qualche anno anche con una moglie, non gli apparteneva più. Non possedeva più nulla, nemmeno uno sgabuzzino per dormire. Ma il suo sorriso non si era spento.

Chi lo conosce però si è accorto che sul volto è calata un'ombra di tristezza. Credo che quel segno lo accompagnerà alla tomba come un tatuaggio. Oggi vive di lavori saltuari e dorme dove capita. A volte viene ospitato da quei pochi che si contano sulle dita di una mano.

Ci si potrebbe chiedere se la lezione gli è servita, ma non gli è servita affatto: tranne quella leggera ombra sul viso è rimasto lo stesso di sempre. È solo un po' invecchiato.

Con le sue uniche diecimila lire vuole offrire da bere fino a che sono finite. Diecimila lire non durano molto. Ma succede la stessa cosa anche con centomila o un milione.

Una volta che si trovava in difficoltà gli offrii volentieri una piccola somma. Mi aveva finanziato tante volte nei tempi duri e non l'avevo dimenticato. Abbiamo sempre diviso tutto, lui ed io: avrei voluto dargli di più ma siccome sono ancora in vita le mie quotazioni viaggiano su tariffe da boscaiolo.[1] Dopo cinque minuti era di nuovo al verde. Alla mia meraviglia rispose di aver dato i soldi a un altro più disgraziato di lui.

Uno così, anche se a volte fa rabbia, non può che suscitare rispetto. L'illustre sociologo dell'effimero Francesco Alberoni afferma che in una stirpe familiare nasce un figlio generoso ogni cinque generazioni. Il mio amico è certamente della quinta.

Qualche volta entriamo assieme nel suo locale - per me continua ad essere il suo - a bere un taglio. Sulla porta cerca di nascondere l'agitazione che immancabilmente gli muove incontro: si capisce che viene travolto dal fiume dei ricordi. Per qualche momento rimane in silenzio e tenta di acquietare i tumulti del cuore e dell'animo torcendo il baffo destro tra il pollice e l'indice. L'intera sua esistenza gli scorre innanzi come in un film, rivede sua madre dietro al bancone e tutto quel che è passato lì dentro. Non lo dice quello che prova; guarda i muri, gli angoli, i soffitti e nota se vi è stato un minimo cambiamento. Non gli è facile tornare fuori perché uscendo da quel posto esce dalla vita.

Per strada si consola dicendomi che al cimitero non ci porteremo nulla e che tutti perderemo tutto. Gli dico che un giorno forse, quando gli uomini riusciranno a investire in umanità, potrà riscattarsi. Allora diventerà ricco perché, tra quelli che ho conosciuto, di umanità ne ha più di tutti.

[1] L'autore vive dei proventi della vendita delle sue sculture (NdR).

Dovevo qualche riga al mio amico. Se non altro per ridimensionare quell'apoteosi del somaro che oggi i parlatori a stomaco pieno celebrano in suo onore. Occorreva dare a Cesare almeno un po' del suo, così è nata questa storia. La vera, piccola, grande storia di M. P., caduto in disgrazia per qualche vizio ma soprattutto per troppa bontà.

Il Ritorno

Comparve all'inizio di un'estate. Poteva essere fine giugno o inizio luglio. Faceva caldo, ma non c'era gente sui prati a falciare i fieni: nell'ottobre di tre anni prima era già successo tutto e non c'era più entusiasmo né tanto meno la voglia di ripartire da zero. Dopo il colpo di rasoio del Vajont gli animi erano diventati apatici, indifferenti, finiti. Ci vollero parecchi anni prima che la gente si riavesse e riprendesse fiducia nel lavoro e nel vivere.

In un piccolo paese di montagna l'arrivo di uno sconosciuto si nota subito. E un tipo come quello non può passare inosservato. L'età sembrava essere attorno ai cinquant'anni. Alto, spalle larghe, viso da eroe buono dei films western. Capelli lunghi, di quel colore indefinito che crea l'età confondendo la tinta originale nel bianco. Barba incolta, come va di moda oggi. Nel 1966 una barba come quella qualificava i vagabondi ed era segno di miseria, mentre ai giorni nostri la lunghezza del pelo viene ostentata con orgoglio da molti uomini, forse nell'illusione di una sicurezza che in realtà dentro non hanno. Resta il fatto che, con o senza barba, siamo tutti mendicanti della vita.

L'uomo si sistemò sotto un portico, anche per dormire: un posto strategico, dove poteva godere del calore del sole o della frescura dell'ombra con un minimo spostamento del corpo. La sua arte era il silenzio.

Era emigrato a Torino quando aveva tredici anni, con i genitori. Dopo una vita di lavoro e umiliazioni, questi tornarono al paese e qui morirono, a breve distanza l'uno dall'altro, il marito prima e poi la moglie, come quasi sempre succede. Furono sepolti vicini, poiché in paese non era deceduto nessuno nello spazio di tempo intercorso tra le dipartite dei due coniugi. Per i funerali non si riuscì a rintracciare il loro unico figlio. Di lui non si sapeva nulla.

Quell'estate, lo sconosciuto dal volto buono, silenzioso ed enigmatico, suscitò interesse e curiosità. I suoi pasti erano a base di pane e mortadella che comperava nel piccolo negozio-osteria riaperto alla speranza dopo i fatti del Vajont. Seduto di fronte al portico, quando l'ultimo sole accendeva le montagne, posava sulla soglia di pietra l'involto del companatico, aprendolo con calma. Dal cartoccio tirava fuori il pane. Poi, lentamente incominciava a masticare. Durante quel rito stava a capo chino, con lo sguardo fisso sui ciottoli della via. Si capiva che mangiava con fame, ma i suoi gesti erano lenti e misurati; non addentava mai direttamente la pagnotta, ma la spezzava prima con le mani. Usando un piccolo temperino sfilacciava brandelli di mortadella appoggiandoli poi delicatamente sul pezzetto di pane. Spesso tirava un lungo sorso da una bottiglia di vino rosso, che svuotava immancabilmente a ogni pasto.

Gli avanzi li offriva ai gatti che si erano abituati ai suoi orari e lo aspettavano nei paraggi.

Di giorno stava all'osteria, sempre in silenzio e con un quarto di vino accanto. Se qualcuno gli faceva domande rispondeva a monosillabi o non rispondeva affatto.

Dopo il Vajont erano arrivati da noi molti fumetti che io leggevo con avidità. Quell'uomo era per me l'incarnazione vivente degli eroi conosciuti sulle strisce di carta. Provai per lui un'istintiva simpatia.

Spinto da questa ammirazione, un giorno lo avvicinai. Stava arrotolandosi una sigaretta. Sulla pietra c'era ancora un po' del suo pasto: me lo offrì con un sorriso. Lo accettai per timore di offenderlo.

Domandò «di chi ero», vale a dire: chi sono i tuoi genitori? Glielo dissi, ma non li conosceva. Non ricordava nessuno, però si esprimeva perfettamente in ertano. Quello non l'aveva dimenticato.

Mentre sbocconcellavo, iniziai ad osservarlo. Non ero per niente intimorito perché lui parlava guardando sempre la terra. Quando voleva sottolineare l'importanza di ciò che andava dicendo, alzava il capo e mi fissava. In quei lineamenti stava scritto tutto. Il volto umano è come la scatola nera degli aerei: registra i sentimenti che hanno segnato la nostra esistenza. Quando gli aerei precipitano si cerca fra i rottami la scatola nera per capire le cause dell'incidente. Anche lui era caduto frantumandosi. La sua scatola però non era tra i cocci: la portava sul viso e raccontava di un'esistenza infelice. Sofferenze, delusioni, rimorsi, malinconie, avevano inciso quel nastro, ma traspariva anche una rassegnazione serena dovuta all'onestà di chi non incolpa nessuno se la sua vita è fallita.

L'accettazione del destino di essere predestinato al dolore, conferiva a quell'uomo una forza inattaccabile. Dagli occhi chiari non trapelava alcun segno di calcolo, di polemica o di rabbia. Guardandolo si intuiva che un tempo era stato guerriero ma ora non gli importava più di esserlo. Per questo non discuteva mai di niente. Discussioni, parole, ragioni erano cose a lui indifferenti.

Desiderava solamente rivedere il suo paese. Spinto dalla forza delle radici, dai ricordi dell'infanzia, forse dal presentimento che qualcosa stava per accadergli, era tornato per visitare le tombe dei genitori. Ma non ebbe questa soddisfazione: siccome il cimitero è piccolo, da noi dopo circa vent'anni si tolgono i morti dalla terra per fare posto agli altri. Le ossa dissepolte vengono raccolte in una cassettina di zinco e risotterrate in una fossa comune. Non si può stare in pace nemmeno da morti.

Era trascorso tanto tempo e anche i resti dei suoi vecchi erano stati rimossi. Sentì nel petto qualcosa che pesava, come l'affioramento di un rimorso che veniva a visitarlo. E non se ne andava. In fondo era colpa sua se non era tornato prima a cercare i tumuli, quando c'erano ancora le croci e i nomi. Mi spiegò, quasi vergognandosi, che ci sono porte nel mondo da cui non si può uscire quando si vuole: prima bisogna aver pagato il debito.

Si consolò pensando che comunque i suoi stavano dentro al recinto (disse proprio recinto) assieme a tutti gli altri. Non trovò più neanche la sua vecchia abitazione; l'acqua del Vajont l'aveva portata via. Rimanevano solamente le lastre del pavimento. Gli dissero che il tetto era crollato sotto il peso degli inverni, ancor prima della tragedia. Preferì allora saperla scomparsa piuttosto che averla vista in rovina. Ma ogni tanto lo si poteva notare seduto su quelle pietre a pulire con le mani l'unico segno del suo nido d'infanzia.

Prese a varcare un'altra porta, oltre a quella del bar: iniziò a frequentare la chiesa. Vi entrava al mattino quando in giro non c'era nessuno, sostava qualche minuto e se ne andava.

Durante il suo breve passaggio nei luoghi d'origine, non fece domande. Non chiese mai un perché, una spiegazione, un resoconto. Ciò che gli restava, viaggiava nel vento dei ricordi. Di tangibile non esisteva più nulla, tranne quelle lastre di pietra risparmiate dall'acqua. A che sarebbero servite le spiegazioni? Quando un uomo si lascia andare vive nel destino del giorno e non ha bisogno di spiegazioni: accetta la sorte e basta.

In queste condizioni è difficile conservarsi sereni, ma lui lo era. Probabilmente se avesse chiesto avrebbe ottenuto qualcosa: un'eredità, un sussidio, un pezzo di terra. In fondo i suoi vecchi avevano lasciato qualche prato in quei luoghi. Ma egli era ormai lontano da quell'ottica. I beni terreni non lo interessavano più. Ciò che voleva vedere lo aveva visto. Anzi non lo aveva nemmeno visto, perché era scomparso. Ma lo aveva sentito nel cuore, questo sì.

Era tempo di andare.

«Tornerò l'estate prossima per fermarmi un po'

di più», mi confidò vagamente un giorno.

Non immaginavo che se ne sarebbe andato così presto. Come nessuno lo aveva visto arrivare, nessuno lo vide partire. Una sera notai la sua assenza dal portico; pensai a un ritardo o che avesse cambiato posto. Ma neppure al tramonto successivo lo vidi posare il cartoccio sulla pietra. Capii e fui preso dalla tristezza.

Eravamo diventati amici. In quei dieci giorni di sosta mi aveva insegnato ad arrotolare le sigarette e parlato della vita. Nel breve soggiorno ertano non accennò mai ad affetti avuti o perduti nella grande città.

Ci volle molto tempo per dimenticare quell'eroe dallo sguardo malinconico. D'inverno, quando passavo di là tornando a casa, guardavo con nostalgia il suo gradino coperto di neve.

La fine dell'adolescenza cicatrizzò anche quella ferita e il gigante buono diventò un ricordo.

Anni dopo, discorrendo con persone del paese, sentii per caso parlare di lui. Erano discorsi di gente senz'anima. Seppero dire soltanto che beveva, che era un lazzarone e che era morto sotto una macchina poco dopo la sua partenza. In autunno un'automobile lo aveva investito proprio nella città dove le automobili si costruiscono.

Chissà, forse non fu un incidente, ma la conseguenza di un gesto voluto.

Svalt

Molte volte durante le frequenti sortite di bracconaggio con amici, siamo stati rincorsi da guardiacaccia incattiviti. I guardiacaccia in genere non sono cattivi, specialmente quelli anziani, ma lo diventano quando pensano di essere presi in giro dal cacciatore di frodo. Se poi il bracconiere, complice un bicchiere di vino, corre a vantare le sue imprese all'osteria, avrà finché vive l'attenzione feroce del tutore venatorio puntata su di lui e, a causa dell'ineluttabile gioco delle probabilità, una volta o l'altra incapperà nelle grinfie della legge.

Tutto prima o poi accade. Quando si ripete nel tempo un'azione, anche la più banale, con assiduità, e per tutta l'esistenza, è matematicamente sicuro che a un certo punto capiterà l'incidente. Questo succede in tutte le attività umane. Quindi, su ciò che si fa nel corso della vita pende sempre la spada dell'alt accidentale.

Da questo rischio non si salvano nemmeno coloro che vivono quietamente, che evitano i pericoli, che risparmiano il capitale dei loro giorni terreni, che campano schivando. Costoro vorrebbero vivere per lungo tempo e con la loro sciocca cautela sperano di poter tenere lontano il momento fatale. Ma nel pericoloso e perciò affascinante gioco della vita, a volte viene coinvolto dal caso anche qualche ignaro spettatore, che non ha nulla a che vedere con l'azione che altri stanno compiendo.

Un maggio di molti anni fa - forse era il 1970 - partimmo in quattro per andare a cacciare i galli forcelli al canto di primavera. La meta era l'antro di Bosco Nero nella selvaggia Val Montina, adagiata sotto il versante settentrionale del monte Duranno.

Due erano fratelli. Il più anziano oggi è vecchio e stanco e spia i camosci dal colle vicino a casa in compagnia del bottiglione. L'altro fratello, che aveva i capelli di rame e una corta barba, assomigliava in modo impressionante a Van Gogh. Si chiamava Svalt e sembrava potesse essere tutto fuorché un cacciatore.

Il terzo del gruppo, Sepp, era un mio amico fraterno - che morì un primo maggio sulla panca della cucina, col bicchiere ancora in mano e lo sguardo incredulo. Io ero il più giovane dei quattro.

Partimmo col buio di mezzanotte come è saggia regola dei bracconieri o, più in generale, di chi non vuole essere visto. Procedevamo in silenzio e senza accendere la pila. Camminammo tutta la notte per essere all'alba sul luogo del delitto.

Avevamo cibo per circa otto giorni e tre doppiette calibro dodici. Svalt "il rosso" non portava armi perché amava le bestie e mai le avrebbe uccise. Da piccolo era cresciuto in un collegio per orfani, dalle parti di Udine, perciò non aveva assimilato quella passione per il bracconaggio che quassù in montagna finiva per essere quasi imposta. Gli piaceva però camminare con noi in giro per i monti a meditare e, come soleva dire, ad ascoltare la natura.

Non era la prima volta che ci seguiva. Nel sacco aveva messo di tutto, persino un servizio di posate. Era un raffinato. All'istituto gli avevano insegnato ad amare le letture; portava sempre nello zaino due o tre libri e coltivava la sua passione persino in luoghi remoti come l'antro di Bosco Nero. Durante il giorno, mentre noi eravamo occupati in altre faccende, lui leggeva e preparava da mangiare per tutti. A volte, nei pomeriggi di sole, vagava tra le ultime chiazze di neve e le radure ancora umide d'inverno a cavare con un coltellino i teneri germogli di radicchio selvatico che mangiavamo alla sera. Indossava perennemente una camicia militare di quelle pesanti, felpate, con due taschini sul petto chiusi da un bottone.

L'antro di Bosco Nero era la nostra casa. È un buco enorme, profondo alcuni metri e lungo una trentina, posto in modo tale da essere sempre soleggiato e asciutto. In quel luogo dormivano i bracconieri fin dai secoli passati. Vi sono ancora i letti di tronchi e i muretti a secco di protezione. Più in alto sorgeva una baita ormai diruta, ma i bracconieri non pernottano mai nelle baite.

Avevamo programmato di fermarci in quel posto almeno una settimana. I primi quattro giorni passarono tranquilli. Le prede non mancavano e durante la giornata ci riscaldava un sole amico che rendeva tutto più bello. L'andare a forcelli in primavera è una caccia che dura lo spazio di tempo in cui la notte si concede al giorno. Dopo quei pochi minuti di tensione rimanevano oltre venti ore da trascorrere nell'ozio più beato. Per ingannare quelle ore gli altri due amici seguivano i camosci sui contrafforti di Collalto e Cima Gea, io intagliavo bastoni col temperino o giravo le crode del Duranno in esplorazione, Svalt leggeva i suoi libri e inventava nuove pietanze.

Si stava bene in quella valle solitaria. Vivevamo fuori dal mondo, in un incanto di voci e colori. La primavera faceva rinascere ogni cosa e dentro di noi morivano i pensieri tristi della vita. I cuculi ci tenevano compagnia cantando di continuo con la loro voce malinconica. Alla sera si chiacchierava per lunghe ore accanto al fuoco fumando sigarette di trinciato e sorseggiando vino. Prima di dormire spegnevamo le candele e, al buio, ognuno di noi raccontava qualche avventura. Poi, una dopo l'altra, le voci si arrendevano a un dolce torpore e il sonno veniva a separarci da quella magica radura popolata dagli spiriti dei boschi.

Al quinto giorno l'incanto della vacanza finì. Faceva ormai chiaro e la battuta era stata fortunata. Sepp, che aveva ucciso due splendidi forcelli, non li nascose nella slavina che, in quei casi, serve da frigorifero per conservarli, ma li portò all'antro a farceli ammirare. Faceva sempre così, quando era in vantaggio: voleva farci rabbia.

Avevamo acceso un gran fuoco e stava per lambirci il sole del primo mattino quando il fratello di Svalt, che stava sul chi vive, arrivò trafelato alla spelonca sussurrando:

«*Ai è ochì!*» Stanno arrivando!

Non serviva chiedere chi, sapevamo già che si trattava della legge. Salivano veloci su per il costone. Erano in quattro: due guardiacaccia e due forestali. Lo capimmo dal colore delle divise. La direzione di marcia ci indicò che venivano dal Cadore. Occorreva fare presto. Nel trambusto della fuga io afferrai la camicia militare di Svalt che stava appesa ad un ramo, vi avvolsi i due forcelli, la doppietta dalle matricole limate e nascosi in fretta il fagotto sotto un mugo.

Svalt non si mosse. Era beatamente disteso sul letto di frasche, con le mani dietro la nuca.

«Io non mi sposto da qui, io non c'entro nulla con la vostra caccia - disse. - Non ho fatto niente e perciò niente devo temere.»

Noi tre sparimmo tra i pini mughi in direzione di forcella Frati. Tornammo cautamente all'antro nel pomeriggio inoltrato. Svalt stava leggendo. Ci salutò con un mugugno ma mi accorsi che era alquanto serio. Chiedemmo come fosse andata.

Cominciò dall'inizio. Le guardie lo avevano interrogato.

«Buongiorno.»

«Buongiorno. Che ci fa da queste parti?»

«Sono venuto a leggere.»

«Ma lei a leggere va sempre così lontano?»

«Sì, per stare in pace.» Svalt parlava sempre poco e a monosillabi.

«Ci sono altri con te?»

«Io sono solo ma ho sentito voci su di lì» e indicò verso forcella Spalla, nella direzione opposta rispetto a quella da noi scelta per la fuga.

Mentre parlavano, un forestale controllò ogni angolo della caverna e, aiutato da una fortuna sfacciata, notò il fagotto frettolosamente nascosto sotto il mugo. Lo tirò fuori, ne osservò il contenuto, poi si avvicinò a Svalt.

«È tua questa roba?» chiese.

«Mia no» rispose Svalt.

«Questo fucile lo conosci?»

«No.»

«Questi sai cosa sono?» gli chiese sollevando i galli per le zampe.

«No.» Svalt rispondeva senza alzare la testa, fingendo di leggere.

«Se non è roba tua sai almeno di chi è?»

«No.»

La guardia si allontanò di qualche metro a confabulare con gli altri. Poi tornò da Svalt che stava sempre sulle frasche e, chinandosi verso di lui, gli mise qualcosa sotto il naso ghignando:

«E questo lo conosci?»

Senza scomporsi, ma assai meravigliato, Svalt rispose:

«Eh... Quello sono io!»

A casa, prima di partire, aveva dimenticato di togliere il portafoglio dal taschino della camicia militare. In esso, come sempre, soldi non ce n'erano ma in compenso era riposta la sua carta d'identità. Il forestale ispezionando l'indumento l'aveva trovata.

Non ci tradì. Fu processato e pagò alla giustizia un debito che in realtà era nostro. Noi gli procurammo il denaro per la multa e lui si tenne i tre mesi con la condizionale per via del fucile.

Negli anni che gli restarono da vivere raccontava nelle osterie, divertendosi, quella incredibile vicenda. Beveva molto.

Dieci anni più tardi, era di luglio, ci trovavamo tutti e quattro nella casa di Sepp sulla montagna. Da parecchie ore Svalt s'era ritirato nel fienile. A un certo punto, preoccupato, andai a cercarlo. Stava coricato su un fianco. Era pallido e cercava di calmare la sete rosicchiando una scorza d'anguria. Vicino a lui un libro chiuso: *La vera storia del brigante Serafino Castagna*.

Mi disse che si sentiva male. Notai sul fieno dove s'era buttato abbondanti tracce di sangue: la cirrosi stava per dargli il colpo finale. Lo adagiai sulla slitta da legna e lo legai per poterlo trascinare a valle. L'emorragia era ormai un fiume.

«Sto per morire, seppelliscimi qui» mi sussurrò con un filo di voce.

Pochi attimi dopo entrò in coma.

Scesi a valle come un razzo, volando con la slitta verso il paese. Arrivò all'ospedale ancora vivo, ma il giorno dopo morì.

Svalt il poeta, l'amico, il lettore di libri, il non cacciatore aveva quarant'anni.

Mio Fratello

Era una bella mattina di sole già caldo quando, a distanza di ventotto anni dalla sua morte, ho rivisto mio fratello.

Era partito per la Germania un piovoso giorno di marzo del 1968. Non aveva ancora diciotto anni e di certo non immaginava di poter finire in quel modo. Il destino di una persona può compiersi un giorno di novembre. Il suo fu deciso anche da un'ora precisa.

Era di primo pomeriggio e tornavamo dalla montagna. Appena fermate le slitte cariche di legna a lato della strada provinciale, si arrestò alla nostra altezza un'auto nera, enorme. La portiera si aprì e scese la morte.

Era una signora molto bella, o almeno a noi parve tale, alta, sui quarant'anni, vestita di nero. L'uomo rimase al volante. È buona regola mandare avanti sempre la donna quando si deve conquistare qualcuno.

Ci salutò e poi attaccò discorso dicendoci che eravamo belli.

«Che bei giovanotti!» esclamò.

Affermazione che subito mi insospettì. Se quell'apprezzamento poteva andare bene per mio fratello, nei miei riguardi suonava falso. Sapevo fin da piccolo, perché me lo diceva la gente, di essere piuttosto brutto.

Dopo aver tessuto le nostre lodi con finti complimenti, la signora in nero venne al sodo: ci chiese se volevamo andare in Germania a lavorare come garzoni nella sua gelateria.

«Solo per nove mesi» disse con voce suadente, quasi volesse accorciare quei mesi e ridurli a una settimana.

Illustrò non so quanti privilegi e opportunità che ci aspettavano in quella città ma, nella foga dell'esposizione, dimenticò di dirci che si doveva lavorare per diciotto ore al giorno. Lo appresi solo in seguito, da una lettera di mio fratello.

Mio fratello si chiamava Felice, ma a dispetto di quel nome felice era stato poche volte. Forse quando andavamo a scalare le montagne o a correre nei boschi. Dall'infanzia in avanti avevamo attraversato tutti gli stadi della povertà, fermandoci stabilmente nella zona della miseria.

La solidarietà per il Vajont ci aveva tolto un po' dall'indigenza, ma in lui erano rimaste per sempre le cicatrici lasciate dagli anni duri. Nella proposta della signora in nero vide aprirsi le porte del riscatto e accettò. Fui sul punto di cedere anch'io, ma il richiamo della foresta fu più forte del miraggio economico e mi trattenne. Non potevo stare lontano dai miei boschi, dalle montagne, dalla primavera.

Mio fratello era uno che parlava poco ma quella volta, e fu l'unica che io ricordi, continuò insistentemente a pregarmi di andare con lui. Non potrò dimenticare i suoi occhi imploranti mentre cercava di convincermi a partire.

Eravamo cresciuti insieme, inseparabili come due gemelli, e mai, prima di quell'incontro fatale, la sorte era riuscita a dividerci. Io lo invidiavo un poco perché, pur essendo di un anno più giovane di me, mi aveva sorpassato di un bel po' in altezza e, a detta delle ragazze, era anche bello.

Dopo il Vajont avevamo trascorso tre anni nel collegio Don Bosco di Pordenone frequentando le scuole medie nella stessa aula e dormendo nel camerone comune l'uno accanto all'altro. Mio fratello non amava molto lo studio e in quel periodo non lo vidi mai leggere un libro. A stento apriva quelli per studiare.

Tutte le sere, dopo la funzione religiosa, ci veniva imposta mezz'ora di raccoglimento per pensare a Dio. Durante quel piccolo spazio solo nostro, invece che rivolgersi al Divino, lui mi parlava sottovoce della nostra casa di Erto, delle gite fatte nelle vacanze passate e di quelle che avremmo effettuato nelle prossime.

Amava la natura con più onestà di me, aborriva l'esercizio della caccia e, ribellandosi con coraggio a nostro padre, non volle mai praticarla.

Compimmo l'ultima scalata in novembre, pochi giorni prima del fatidico incontro con la signora. Salimmo il monte Citta in Val Zemola, assieme a un nostro zio che, preso da vertigini sui prati verticali, dovemmo legare con la corda da fieno.

Durante l'inverno tentò ancora qualche volta di convincermi a seguirlo in Germania.

«Ci faremo compagnia - mi diceva - così i mesi passeranno più in fretta.»

Poi arrivò marzo e con esso anche l'automobile nera dei padroni. Partì il sette di quel mese.

«Vado - disse -, vado prima che canti il cuculo altrimenti non parto più.»

Mentre ci abbracciavamo mi sussurrò:

«Ti porterò un orologio, aspettami.»

Forse credeva che anche la Germania, come la Svizzera, fosse famosa per gli orologi.

S'incamminò senza voltarsi e salì in macchina. A me è rimasta l'immagine di lui che si allontana di schiena.

Non lo rividi mai più. Il 30 di giugno, quattro mesi dopo la sua partenza, annegò in una piscina nella città di Paderborn. C'erano altre persone sul bordo della vasca ma nessuno seppe mai spiegare esattamente cosa fosse successo quel giorno.

Assieme al suo corpo affiorarono racconti vaghi e confusi. In seguito venni a sapere che fu tirato fuori dall'acqua con il segno di una botta in testa.

Una settimana più tardi alcuni funzionari ce lo riportarono a casa e lo seppellimmo nel piccolo cimitero di Erto. Dopo la sua morte non abbiamo più incontrato i coniugi dell'auto scura, nemmeno al funerale, né udito alcuna voce di pietà da parte loro. Mio padre che in quell'occasione, nonostante i suoi difetti, seppe tirar fuori una grande dignità, non volle intentare processi a nessuno. Così, per quel figlio minorenne - avrebbe compiuto diciotto anni a dicembre - emigrato e morto in Germania, non percepì alcun risarcimento.

Nel nostro cimitero, passato un certo tempo bisogna togliere dalla terra le ossa dei morti vecchi per far posto a quelli nuovi. Dopo ventotto anni toccava a lui il turno di tornare alla luce.

Quella mattina splendeva il sole e sul paese soffiava un leggero vento. L'addetto al cimitero scavò con pazienza e rispetto, come fa sempre in queste circostanze. Nelle pause rievocava episodi lontani, di quando mio fratello ed io lavoravamo come garzoni nelle malghe di suo padre.

C'eravamo tutti: mio padre, mia madre e l'altro fratello più giovane. Per una volta tanto in silenzio, senza discussioni, quasi che il suo ritorno ci avesse imposto un tacito accordo di momentanea pace.

Spuntò il contenitore di metallo poiché il legno era ormai diventato terra. Nella vita ho dovuto imparare presto a guidare i cavalli delle emozioni ma, nell'attimo in cui veniva tagliato il coperchio, quei cavalli spezzarono i recinti. Stavo per rivedere colui che aveva camminato assieme a me fino alla porta della vita, che non aveva fatto in tempo a varcare perché il destino lo aveva fermato sulla soglia obbligandomi ad andare avanti da solo. Il terzo fratello era ancora troppo piccolo e non poteva accompagnarmi.

La commozione venne a cercarmi, seguita da una dolce malinconia. Ripensai agli anni difficili e alla serenità con cui affrontava le privazioni. Alle lontane avventure dell'adolescenza, molte delle quali mai rivelate a nessuno. Ai nostri progetti di ragazzi. Alla sua caparbia volontà di uscire dalla miseria. Alla speranza di una vita diversa.

Il foglio di zinco fu sollevato e il sole entrò a scaldare di nuovo quel corpo rimasto al freddo per tanti anni. Era lo stesso sole dei tempi beati quando correvamo felici sui monti. Nel movimento di apertura, la testa si inclinò dolcemente verso il petto come se quell'amato sole di casa, improvviso e per tanto tempo nascosto dalla nera nube della morte, lo avesse abbagliato.

Sorrideva. Per non so quale misterioso processo di conservazione il volto aveva mantenuto le tracce degli antichi lineamenti. Era proprio lui e sembrava sorridesse con tristezza. Passò il vento e mosse i suoi capelli. I suoi bei capelli castani erano lunghi come non li ricordavo. Riconobbi il gilet marroncino che indossava quando era partito. Le mani appoggiate sul petto sembravano mimare un gesto di scusa per quell'incauto tuffo a causa del quale non aveva più fatto ritorno. In quella fossa dormivano con lui la sua giovane esperienza e il coraggio dimostrato quel giorno di marzo quando ci eravamo salutati per l'ultima volta.

Dopo anni senza lacrime vidi mia madre piangere. Mio padre fumava e rimaneva in silenzio.

Quel giovane sfortunato, uscito dalla cara vecchia terra silente sembrava rimproverarci con dolcezza. Con lo sguardo intimidito ci esortava a sorvolare, a non beccarci più, a volerci bene.

Il suo improvviso ritorno dai remoti confini dell'Ade e il rimpianto per il suo tragico destino ci facevano sentire in colpa per il lungo tempo avuto a disposizione, rispetto a lui. Giorni spesso sprecati tra beghe personali, sciocche e inutili ripicche, stupide rabbie.

Tornavano i rimpianti e ognuno di noi ricordava qualche fatto importante della sua breve esistenza. Mio padre, preso dai rimorsi, forse per volersi punire o perché più onesto di mia madre, elencava gli episodi in cui aveva maltrattato mio fratello. Lo fermai, altrimenti saremmo stati lì fino a notte.

Per mezz'ora ci trovammo di nuovo riuniti, tutti insieme, come ai vecchi tempi. Infine l'addetto al cimitero rinchiuse quell'amata apparizione in una cassettina e mio fratello ritornò nella terra da dove era momentaneamente uscito per rivedere ancora una volta i suoi cari.

Mentre tornava giù ebbi la certezza che non ci saremmo mai più rivisti. La sorte mi aveva concesso un'occasione, il tempo terreno non ne avrebbe di certo permesso una seconda. Ma mio padre, lasciando il cimitero, risvegliò una speranza sopita in me da tempo. Brontolò una frase che detta da lui mi sorprese:

«Lo rivedremo un giorno - disse -. Lo rivedremo, ma non più qui; in un altro posto.»

L'ERTO CAMMINO

La Profezia

Erto significa ripido ed esiste un paese con quel nome. In verità il paese di Erto è sorto su un terreno scosceso ma non estremamente ripido. La ripidezza di Erto sta invece nel suo infelice destino, perché tra i paesi della valle è stato senza dubbio il più disgraziato.

Da voci antiche del passato rimbalzano ancora echi di tragedie e terribili avvenimenti che mettono paura solo a pensarci. Sembrano sopravvivere quassù, ai margini delle radure e del tempo, perenni maledizioni che puntuali tornano cavalcando tenebrosi cavalli e spazzano via ogni entusiasmo dalle persone. L'attesa continua dell'evento doloroso ha modificato il volto di questa gente, fissando nei loro occhi quel dignitoso tacere che li distingue.

Una storia antichissima - io la sentivo da mia nonna, che l'aveva udita da sua madre - racconta la vita e le predizioni di una vecchia fattucchiera ertana. Fra le tante profezie formulate nella sua lunga e misteriosa esistenza, ve n'era una che amava ripetere spesso. Con voce lenta e ammonitrice mormorava:

«Erto diverrà una cittadina e poi sprofonderà».

Diceva anche, con una certa ironia e anticipando di un secolo i movimenti femministi futuri:

«Quando la donna metterà i pantaloni, *li omeni no saran più i paroni*».

Ciò che incuriosiva e inquietava gli abitanti però era la prima profezia. I montanari infatti non riuscivano a capire come il loro villaggio di sassi e paglia, abitato da pastori e boscaioli e sorto su picchi dolomitici, potesse un giorno diventare una cittadina e poi addirittura sprofondare. Ma, molti anni più tardi, quando un'ardita diga artificiale iniziò a prendere forma, e come un immenso foglio di cemento s'infilò fra le strette pareti della valle, gli eredi di quelle parole cominciarono a intuire l'enigmatico messaggio.

Mentre il lago cresceva, essi rammentavano con timore la figura lontana della maga e la terribile frase. Quella profezia tornò a circolare sulla bocca della gente, e se ne parlava nei giorni del pericolo.

Mia nonna, che era analfabeta, ci raccontava di sera, accanto al fuoco, la storia della vecchia maga. La dipingeva con toni cupi ma anche con grande stima e rispetto.

«Aveva molti libri - diceva - che alla sua morte nessuno trovò più.»

Seppi così che era sempre vissuta sola e possedeva un grosso vaso di terracotta che veniva chiamato il *pignat* dentro al quale, taciturna e oscura, spiava nel futuro il destino del paese.

La sua casa esiste ancora a Erto. Si trova in una viuzza nascosta del villaggio abbandonato. Ha una piccola porta di colore scuro: un colore nero-lucido, inconfondibile, che solo il legno brunito da secoli di fumo e fuliggine riesce ad avere. Per quanto sforzi il mio ricordo non ho mai visto aperta quella porta. Un giorno fui tentato di introdurmi nella casa per visitare le tenebrose stanze della maga. Pensai senza troppi patemi di sfondare l'uscio ed entrare: mi illudevo di trovare i libri, o il favoloso *pignat*, o almeno qualche traccia che mi portasse al volto di quella figura ormai perduta nel tempo, che aveva turbato per molti anni, nei racconti dei vecchi, il sonno dei bambini. Ma all'atto di tirare la spallata, quel legno silenzioso dalle venature consunte mi guardò con minaccioso rimprovero. Nel suo bordo inferiore s'era depositata la polvere del tempo fissandosi tra la battuta di pietra e le antiche assi dell'uscio e i due elementi si erano saldati assieme rimanendo protetti da quel fragile e inquietante sigillo.

Percepii l'arcana presenza della maga che respirava ancora lì dentro; mi fermai intimorito e un po' per paura, un po' per rispetto, rinunciai a profanare quella casa. Forse non avrei trovato nulla, ma sicuramente con quell'azione banale avrei dissolto il fascino misterioso che viveva tra quei muri.

Mia nonna diceva che la maga mal sopportava la presenza dei forestieri nel villaggio, e metteva in guardia i montanari affinché diffidassero sempre dei viandanti di passaggio. Ma quando i primi tecnici giunsero in avanscoperta a saggiare l'animo della gente e il cuore delle rocce con l'idea di costruire un grande lago artificiale, il popolo confuso dimenticò i consigli della fattucchiera. Credette invece alle lusinghe venute da lontano, anche perché si parlava di soldi e ad Erto a quel tempo di denaro ne circolava ben poco. Così, quando il progetto ebbe inizio, i montanari buttarono falci, zappe e *manere* e corsero in massa alla costruzione della diga. Non pareva loro vero di poter avere a fine mese un bel gruzzolo da portare alle famiglie.

Il denaro soppiantò il "vecchio" e dette avvio al cambiamento. Le prime ad essere eliminate furono le biciclette.

Con i soldi della paga i giovani acquistarono motociclette nuove fiammanti. Ricordo almeno una ventina di Gilera 300 scorazzare tutte assieme per le vie del paese a velocità folle. Qualcuno di quei giovani pagò con la vita l'ingenuità di sottovalutare i mostri d'acciaio. Altri si salvarono per puro miracolo da capitomboli paurosi. Evidentemente l'esperienza per formarsi ha bisogno di martiri e di fortunati.

Mano a mano che la diga si alzava, aumentava il benessere delle famiglie. Dopo le biciclette toccò all'arredamento. Le vecchie cuccette di ciliegio rosa con intarsi in acero e i paglericci di foglie vennero messi al rogo e sostituiti da brande e letti nuovi di dubbia durata. Molti che non erano abituati ai permaflex soffrirono il mal di schiena. In compenso aumentarono le nascite.

Quasi ogni famiglia comperò una radio perciò non ci fu più bisogno di radunarsi alla sera dal vecchio Svaldat a sentire le storie che egli pazientemente leggeva da grossi volumi avuti chissà come. (Un titolo si è salvato nella mia memoria: *La disfida di Barletta.*)

I soldi permettono molte comodità che portano però all'isolamento delle persone. Infatti eliminano nell'uomo la necessità del rapporto col proprio simile e, barricandolo in casa, lo rendono sterile, impaurito ed egoista.

Qualcuno più ambizioso acquistò anche il televisore e l'automobile, suscitando l'invidia di altri che appena possibile cercarono di imitarlo.

Correva l'anno 1963. Era in atto il boom economico, era iniziata l'era della plastica, era finito il tempo della miseria, era quasi terminata la diga.

Era per noi l'inizio della fine.

«Erto diverrà una cittadina e poi sprofonderà.»

A volte nei bar qualche saggio riesumava la profezia. Intanto il paese stava cambiando, avviandosi a diventare una cittadina. Di notte non si udiva più il rumore del torrente giù nella valle poiché torrente e valle erano diventati ormai un immenso bacino di acqua dolce. Nelle sere tranquille, quel mare artificiale rifletteva la luce della luna. E il Col Nudo, specchiandosi dentro, poteva per la prima volta dopo milioni di anni scoprire compiaciuto il suo profilo inaccessibile.

Di giorno, sul lago dal colore verde scuro, filavano le barche: qualche facoltoso personaggio aveva costruito sulla riva, in mezzo ai larici, la sua dimora estiva. Qualcun altro, prevedendo un futuro pieno di guadagni, costruì l'intelaiatura in cemento armato di un enorme albergo a tre piani - un obbrobrio sopravvissuto all'onda e che si trova ancora là, scheletro assurdo e inconcepibile, sulla curva di S. Martino. Era una cosa talmente orrenda che neppure l'acqua del Vajont lo prese con sé. Si portò via le cose belle, ma quello lo volle lasciare ai posteri perché meditassero.

Intanto erano stati aperti bar e trattorie per rifocillare i numerosi operai e tecnici giunti quassù al seguito dei lavori. Nella difficile convivenza tra gli estranei e i montanari non mancarono scontri, incomprensioni e risse, poiché i primi, come natura vuole, cercavano di fare il filo alle ragazze del posto, le quali non li disdegnavano affatto.

Ciò nonostante sembrava che tutto procedesse al meglio e per qualche tempo si credette davvero al miracolo del cambiamento, al benessere, e all'infondatezza della profezia.

Ma un giorno il Monte Toc si svegliò di soprassalto. Si svegliò perché l'acqua della diga lo aveva spintonato malamente. Si accorse con stupore che era diventato un po' più piccolo. Era scivolato di qualche metro verso il basso. Allora preoccupato chiamò il Borgà, il monte amico suo che gli sta di fronte e gli disse:

«Senti, qui l'acqua mi sta togliendo i piedi e quella massa di presuntuosi tecnici, ingegneri e geologi non si accorgono di niente. Sono sicuro che sto per cadere giù in quel maledetto lago che hanno costruito e non so come avvertirli. Da molti giorni mi sento debole e cerco di farglielo capire. Ho persino inclinato gli alberi verso terra in modo che si notino i miei movimenti ma loro, ottusi come sono, non se ne rendono conto. Per favore aiutami, mettili in allarme, avvisali tu visto che a me non danno retta».

Il Borgà, che è molto più vecchio del Toc e quindi più saggio, rispose con tristezza:

«Io non posso farci niente. Quella è gente insensibile e non capisce. Sono solo degli aridi tecnici che non sanno interpretare i nostri messaggi: quelli delle piante, dell'acqua, dei rumori. Sono figli della presunzione, perciò sviluppano e mettono in pratica una scienza che va contro natura, altrimenti non si spiega la follia di sbarrare il corso dei torrenti illudendosi di non provocare conseguenze. Tu sai benissimo che cambiando l'andamento naturale delle cose prima o poi si paga».

Il Toc sempre più preoccupato insisteva:

«Ma c'è la gente là sotto, nei paesi, e se io salto giù di colpo nell'acqua, questa, che non mi può sopportare, s'arrabbia e allora scapperà in massa giù per la valle uccidendoli tutti».

«Guarda che l'acqua è vile - continuava il Toc - una goccia sola non può fare niente ma quando si riunisce tutta insieme diventa cattiva e potente.»

Il Borgà cercò di prendere tempo e rispose:

«Vedi di resistere, cerca di stare attaccato al tuo posto, almeno per qualche giorno, chissà che quegli stolti non s'avvedano e facciano almeno sgomberare i paesi».

«Non ce la faccio più, ti ripeto! - insisteva angosciato il Toc - Sotto di me c'è una lastra di roccia levigata come un marmo, e ride perché, dopo milioni di anni e grazie all'ingegno umano, potrà finalmente liberarsi del mio peso e vedere il cielo azzurro. Inoltre ce l'ha a morte con quei goffi studiosi del terreno, perché l'hanno offesa definendola gibbosa e piena di rughe. E lei, che invece è liscia e pulita, vuole dimostrare loro che non mi lascerà scivolare piano piano come pensano, ma mi tirerà giù in un lampo.»

Quel 9 ottobre 1963 la giornata era bella e i monti circostanti discussero fino a tardi del pericolo imminente. Il Col Nudo, che è un tipo violento e di poche parole, si meravigliò del fatto che i montanari non avessero ancora preso a calci quegli stupidi sapienti.

Verso sera scese il vento nella valle e portò le parole della profezia per tutto il villaggio e nelle frazioni. Alle ventidue e quarantacinque il Toc stremato s'arrese e precipitò nell'invaso. Una gobba immensa sollevò la luce della luna dalla superficie del lago e la scagliò verso il cielo. Poi il bagliore si spense nel boato di un mare che piombava su Longarone. E in quel momento anche Erto, avviato a diventare una cittadina, sprofondò. E non rinacque mai più.

quali c'erano altri due ristori, lumicini nella
Da Eufemia e Meneghin. Di quest'ultimo og-
ne solo il pavimento di pietra: tutto il resto e
famiglia che lì viveva sono scomparsi nel-
del Vajont.
una di queste osterie, prima o poi ritrovavo
dre e immancabilmente in una o nell'altra
ravo anche Silvo. Non appena s'accorgeva
nia presenza ordinava all'oste di portarmi le
elle. E dovevano essere una manciata ab-
nte perché sapeva che eravamo in tre fratelli.
adre, se per coincidenza era presente, si op-
a al dono che mi veniva offerto, ma Silvo lo
imperioso con un deciso:
aci tu, e lascia stare il ragazzo».
i, interrompendo per un attimo i suoi guizzi
to, si avvicinava e affettuosamente mi chie-
come andava, se ero bravo a scuola, se ubbi-
e altre piccole domande, sempre le stesse,
olta che lo incontravo.
un tratto pareva ricordarsi che era là per fe-
are e, dopo quella breve parentesi, rimontava
vallo della sbornia e lo faceva saltare, ballare
tare con grande divertimento degli astanti.
gilissimo per la sua età, sottile e secco, con il
affilato e adunco, da rapace. Indossava sem-
bragoni alla zuava e ai piedi gli *scufòns*, i fa-
"scarpetti" di pezza in uso nel Fiuli occiden-

li dava l'impressione, con i suoi scatti im-
isi, di stare perennemente in guardia come a
are da un momento all'altro un colpo di scure.

Silvo

Dopo il 9 ottobre del 1963 nel paese le voci si spensero tutte. Ciò che più colpiva chi abitava in quei luoghi fin da prima era l'accorgersi che non esistevano più i suoni forti. Mancarono d'improvviso i canti, le grida, i richiami, gli schiamazzi, gli strilli, le urla; le voci gridate insomma. Tra le rovine filtravano brusii e sussurri, spesso solo il silenzio.

Quel giorno finì anche il canto di Silvo.

Silvo abitava sul bordo opposto della valle, a nord del futuro invaso. Accudiva le sue mucche. Era già avanti negli anni ma pareva fosse riuscito, per qualche misteriosa magia, a separare il tempo dalla sua struttura fisica, come se al bivio lontano della gioventù egli avesse perentoriamente ordinato agli anni di imboccare una direzione, mentre lui e il suo corpo prendevano quella opposta. Magro, asciutto, agilissimo, non stava mai fermo. Credo che avesse già passato i settanta quando il suo canto si fermò. Ricordo quel canto perché ha orientato la mia infanzia.

La sua casa oltre il lago era collegata al paese lontano da un filo di sentiero scosceso e sottile che prima scendeva a picco sul Vajont, poi, dopo il brivido del ponte su funi, saliva tra salti pericolosi fino all'uscio dalla sua baita. Quassù ovunque ci si giri vi è qualcosa di ripido e il nome stesso del villaggio - Erto - non lascia dubbi sulla pendenza dei luoghi. Da piccolo, a furia di arrancare seguendo mio padre per le montagne, sognavo sentieri che andassero sempre in discesa, continuamente in discesa fino alla fine del mondo. Ma percepivo pure l'angoscia che una volta arrivato in fondo mi sarei trovato solo, e allora, felice più che mai, immaginavo di rifare a ritroso il percorso per tornare fra la gente. Ciò mi convinse presto all'idea dell'equilibrio severo delle cose, dove a una realtà si oppone sempre il suo contrario. Ordine e disordine, gioia e dolore, il bene e il male, il giorno e la notte, il bello e il brutto, il freddo e il caldo, discese e salite. Non solo, ma scoprii che anche andare in discesa richiedeva una certa fatica. Allora m'inchinai rassegnato all'ordine del mondo. Non sognai più, camminai e basta.

Silvo conosceva bene questa regola. Innanzitutto perché quasi tutti i giorni percorreva quel filo a saliscendi che lo portava da casa al paese e viceversa. Poi perché la sua esistenza era stata segnata continuamente da rampe e divalli, e se le une furono ardue gli altri si rivelarono sempre disastrosi. Ma i su e giù della vita non riuscirono a estinguergli l'allegria d'esistere poiché questa la portava impressa dalla nascita. Dal codice genetico viene estratta a sorte la personalità degli individui, e a chi tocca d'essere gioioso lo sarà sempre, ma chi pesca la malinconia non si illuda di cambiare. Silvo era stato fortunato cogliendo nel cesto del destino il biglietto del buonumore, della vivacità, della contentezza di vivere, della serenità. Tutto ciò aiu-

tava il suo spirito a non teme
tempo terreno.

A volte arrivava in paese p
da sbrigare. Forse anche quell
ste dalla regola che alterna la
pagnia, il silenzio al clamore d
lamento praticato con costanz
linguaggio sociale, creando neg
esprimersi. Allora, quando s'a
tacendo troppo, Silvo tornava i
il blocco vocale nei generosi
diluente di estrema efficacia.

Ricordo in modo chiaro la s
dentro ai bar, poiché anche da ra
vo spesso le osterie. Allora non
cava girare per i banchi di mesci
padre che ogni tanto sentiva il b
sciogliere i suoi nodi. Controlla
del paese cercando di individua
rintanato il genitore. Iniziavo l
verso est: la prima ad essere isp
ria di Nani il "Togno", che sign
esisteva l'unico televisore del pa
di al Cacciatore, a pochi passi d
sbirciavo da Pilin, la famosa trat
spitato l'alpinista Giulio Kugy i
Duranno, e, nel 1946, Giovanni
stavo quindi al bar Stella dove, si
si muoveva la *gestora* dagli occhi f
di. Da lì, con pochi passi, visita
passavo d'un balzo all'Alpino di
vo mio padre nelle osterie del c
paese sempre verso est per circa

lungo
notte:
gi rim
l'inter
l'acqu
In
mio p
incon
della
caran
bond
Mio p
pone
zittiv
«
P
da ga
deva
divo,
ogni
D
stegg
sul c
e ca
Era
naso
pre i
mosi
tale.
proV
schi

Finché mi stava vicino lo vedevo come un uomo simpatico, buono, allegro, anche se un tantino strambo. Ma quando i bar chiudevano, e si avviava a raggiungere la casa oltre il lago, la sua esistenza assumeva i contorni misteriosi degli uccelli notturni. Camminava e cantava, cantava e camminava senza essere visibile. La nostra abitazione stava sul bordo di un ripidissimo prato, proprio dirimpetto al sentiero che portava in Prada: il sentiero di Silvo. Nelle notti di rientro il suo canto continuo m'accompagnava come una lontana ninna-nanna. A volte lo percepivo appena, ma quando la voce cavalcava l'aria della valle, allora giungeva nitida alla mia stanza.

Ascoltavo trepidante quel suono lontano. Immaginavo Silvo che, sospeso su precipizi, procedeva barcollante assieme ai suoi fantasmi. La presenza solamente sonora evocava l'immagine dei volatili che abitano la notte.

Nel centro di quel vasto silenzio diventava lui pure civetta, gufo, barbagianni. Questi uccelli li conoscevo bene. Quando andavo a caccia con mio padre, nelle notti di primavera, molte volte ho tentato di vederli. Li cercavo muovendomi con cautela, seguendone il verso, ma il loro rantolo si allontanava mano a mano che mi avvicinavo. Quelle arcane presenze parevano sempre ad un metro di distanza, ma quando arrivavo lì, esse erano già più lontane. Vivevano ai confini della notte col giorno vegliando come invisibili guardiani sulla vita e sulla morte. Solo alla luce diurna ho potuto vedere quegli occhi fissi e misteriosi, che di giorno perdevano però tutta la loro magia.

Senza accendere la lampada m'affacciavo alla finestra della stanza per carpire all'oscurità della valle un segno che mi indicasse in che punto si trovava l'amico delle caramelle. Dopo un attimo di concentrazione le pupille foravano la tenebra fermandosi sul lumicino della lampada a carburo di Silvo. Quella tenue fiammella viveva di strani movimenti: a volte stava ferma per molto tempo, poi si spostava in alto per un tratto, quindi sostava di nuovo come a riprendere fiato. Ma il canto non si fermava mai. Silvo ripeteva a squarciagola le canzoni del suo repertorio che erano sempre le stesse: morosi abbandonati, donne morte *imbriaghe*, alpini al fronte, e strane cose fatte a barchetta per fare l'amor.

Forse cantava per paura, o solo per tenersi compagnia, o semplicemente perché era sbronzo. Comunque sia, invidiavo la sua capacità di vivere in armonia con il buio. Speravo che anch'io un giorno sarei stato tanto coraggioso da potermene andare in giro nei boschi da solo e di notte. Lo avevo fatto molte volte, ma sempre accompagnato dalla sicura presenza di mio padre. Desideravo spazzar via i fantasmi raccontati dai vecchi che terrorizzavano l'infanzia dei ragazzi con le loro cupe storie di morti. Speravo! Ma sperare non vuol dire credere, poiché proprio il fatto di sperare fa capire che non ci si crede molto.

La svolta avvenne durante l'adolescenza. Con un amico e coetaneo, brilli entrambi, passammo una notte intera nel cimitero del paese: seduti su una pietra tombale, ci mettemmo a discorrere con le anime conosciute in vita che ormai riposavano nella profonda terra silente. Affinché l'ardimento non venisse meno avevamo portato il bottiglione. Adesso l'amico è tornato per sempre in quel sito: sta sepolto proprio vicino alla tomba ove cercammo il coraggio una notte di tanti anni fa. Voglio pensarlo sorridente mentre dai remoti confini dell'Ade ogni tanto ricorda la nostra lontana bravata.

Le stagioni mutavano e tornava anche il freddo, ma Silvo non interrompeva i suoi viaggi solitari. Cambiava solo i calzari di stoffa con gli scarponi ferrati.

Le gite canore duravano quasi tutta la notte e a volte giungeva alla soglia della baita che era giorno fatto: sicuramente si era appisolato per strada.

Ogni volta quelle sgangherate melodie ricreavano la magia e mi affascinava sapere che un uomo solo, lontano, perso nella notte profonda alzava un canto alle creature del bosco. Nei discorsi dei bar la gente prevedeva la sua morte dichiarando che una volta o l'altra sarebbe caduto dal sentiero sospeso sul precipizio.

Invece quel suono si spense in altro modo: il 9 ottobre 1963 l'acqua della diga se lo portò via assieme a duemila altre voci.

Il suo ricordo è rimasto immutato ed è stato un esempio di semplicità che ho sempre tenuto presente.

Dopo il Vajont ce ne andammo anche noi. Venimmo sfollati a Cimolais e per molto tempo non rividi più il mio paese, se non in rare occasioni. La voglia di tornare era forte e invidiavo chi aveva avuto il coraggio di farlo.

Finalmente, dopo quattro anni di esilio potei abitare di nuovo nella mia casa. Rivedere i luoghi dell'infanzia devastati aprì le chiuse dei ricordi che uscirono tumultuosi come un fiume in piena, lasciandomi per giorni nel limo della malinconia. Mi accorsi però che piano piano la natura aveva ripreso a vivere e guariva le ferite della terra.

Nelle notti d'estate, coricato nella mia stanzetta, ascoltavo dalla finestra aperta i rumori ritrovati. Qualche volta, nell'incanto dell'attimo che precede la visita del sonno, mi pareva di sentire la voce di Silvo provenire dai sentieri oltre il lago. Ma Silvo era morto e il suo canto lontano nella foresta non si udì più.

La Strada

Da molto tempo volevo tornare su quella strada. Rivedere i muri a secco che la scortano lungo tutto il suo andare, sedermi davanti alla chiesetta in rovina, contemplare la roccia che la avvolge e che sembra da un momento all'altro voglia scrollarsela di dosso per protesta verso l'incuria umana, guardare i vecchi faggi torturati dalle pietre cadenti nel ripido tratto finale vicino al paese.

L'ultima volta fu un lontano primo maggio. Si festeggiava, quel giorno. C'erano le autorità e lungo quella strada si mangiava e si beveva. Era in corso il battesimo per ufficializzare la sua rinascita. "Sentiero dei carbonai", recitava la scritta impressa sulla lastra di bronzo dorato.

Io aspettavo un amico che non arrivò. Lo trovarono verso sera, seduto sulla panca della cucina, irrigidito nell'ultimo istante concessogli dalla vita. Sul fornello a gas la pastasciutta era ormai un grumo nerastro. La fiamma ardeva ancora e il viso del mio amico conservava un sorriso di stupore. Non se l'aspettava, ma capì che era il momento.

A volte penso che sia bello morire così. Il destino gliela doveva, una fine veloce. Fulminarlo senza farlo soffrire, seduto sulla sedia di casa, davanti a un bicchiere. Un trapasso rapido dopo una vita solitaria e priva di gioie.

La morte non attende e non concede deroghe: ci blocca quando vuole come marionette alla moviola. L'incontro con la grande signora sta scritto nello spazio del tempo. E una volta partiti, i beni accumulati sulla terra saranno per noi oggetti inutili.

Da quel primo maggio non transitai più sul sentiero dei carbonai. Era stato proprio lui, l'amico, a farmi conoscere quella via, molti anni prima. Sosteneva che fosse una scappatoia sicura al controllo dei guardiacaccia. La usavamo in primavera per andare a galli forcelli sul Borgà, e a camosci, d'autunno, sul Col delle Agnelle. Divenne anche la mia pista preferita di allenamento, una buona pista perché alterna salite micidiali a tratti rilassanti nel piano, dove il fiato può riaversi e il cuore rallentare.

Mi fermavo sempre al paesino sospeso sulla roccia. Certe sere un vecchio si lasciava andare ai ricordi e parlava di quella strada. Era l'antica via di comunicazione tra la Valcellina, Erto e Longarone. Sopra quei ciottoli erano passati secoli di speranze, delusioni, tragedie.

Si moriva anche, su quel sentiero: la traccia correva a tratti sospesa sui precipizi. Nel pietoso momento del recupero, gli sventurati a cui era capitato di cadere conservavano sul volto un'espressione malinconica, lo stupore incredulo di chi mai si sarebbe aspettato l'improvvisa spinta del destino.

In quei tempi questioni personali, gelosie, rancori, vicende di eredità non erano ancora materia di giudici e notai. La Serenissima non si impicciava. Amori fiorirono, si consumarono e appassirono sotto i faggi del percorso. Ma soprattutto transitarono fatiche.

Le *sedonere* conoscevano ogni sasso, ogni curva, ogni albero di tutto il tragitto. Era consuetudine che stabilissero soste di riposo dove poggiare il carico quando i legacci segavano le spalle: spazi vuoti nei muri di sostegno, ottenuti togliendo una pietra dal bordo per potervi infilare il fondo della gerla. Ogni donna aveva un suo luogo di fermata personale, individuato secondo la sua altezza. Venivano su da Longarone portando pesi enormi e cantavano sempre.

I carbonai invece, scendevano coi sacchi di carbone sulla schiena e spesso risalivano trascinando il fardello ingombrante della sbornia. A metà strada appare dal nulla la chiesetta incastonata nella roccia, eretta quale ex-voto di un vescovo che in quel punto visse una tragicomica avventura.

Era stato inviato lassù dalla città per una visita-inchiesta, per accertare certe voci che il vento dei monti aveva portato alla pianura. Erano voci poco edificanti sul comportamento religioso dei montanari.

A Longarone lo aspettavano una portantina e otto robusti boscaioli col compito di caricarlo sul baldacchino e issarlo fino al paese, lungo il ripido tratturo. Quegli uomini avevano sguardi truci, particolare che non sfuggì al prelato, e adoperavano un idioma incomprensibile.

In un tratto esposto della via, che però non comportava rischio di vita, i due portatori esterni, dopo il cenno d'intesa, simularono uno scivolone e il presule rotolò lungo il pendio fermandosi, pesto e scorticato, tra i pini della scarpata.

Terrorizzato rinunciò all'indagine e ordinò che nel punto esatto della caduta venisse eretta una chiesina, finanziando personalmente la spesa, per ringraziare il Padre Eterno di avergli salvato la vita.

Ma in quel luogo la roccia incombeva e non vi era spazio per costruire niente. Allora il progettista, un capomastro del paese, fece scavare la montagna e incastrò nello scavo una costruzione esagonale in maniera così indovinata che il tempietto sembra la prosecuzione stessa della gobba rocciosa. Era analfabeta ma lavorò con i sentimenti. Si narra che passò di lì anche il Tiziano che, colpito dalla fiabesca armonia di quel gioiello, volle dipingervi dentro qualcosa.

Trascorse il tempo e la montagna, stiracchiandosi nel sonno perenne, provocò qualche scossone. La natura non rispetta nemmeno le opere dei grandi geni: lentamente le pitture si sbriciolarono sotto l'inesorabile raspa dei secoli. O forse si trovano ancora in loco, custodite come in una cassaforte, occultate dalle numerose imbiancature stese una sopra l'altra nel corso degli anni.

Oggi quella vetusta testimonianza di fede, ormai fatiscente, è là che aspetta silenziosa il colpo di grazia. Si spera che ciò che rimane della sensibilità umana si risvegli e ponga mano al lavoro di salvezza.

I muri resistono ancora ma non sarà per molto. Le lastre di pietra che coprono la volta stanno cadendo e di notte filtra dal tetto la luce della luna.

Gli affreschi non ci sono più. Al loro posto si leggono antiche frasi di viandanti di passaggio. Chiedevano qualche grazia: cose semplici, mai ricchezze. Un po' di salute, che un figlio tornasse dalla guerra, un amore che durasse.

I luoghi di culto, anche se in completo sfacelo, conservano e comunicano sempre l'arcana presenza divina.

Proseguendo su quell'esile percorso di anime semplici si raggiunge il paesino addossato alla rupe. Per accedervi si è obbligati a transitare davanti al cimitero. Sembra messo lì apposta a ricordarci quanto sia breve il nostro respiro terreno e quanto inutili le beghe del mondo.

«Ero anch'io come sei tu, e tu verrai come son io» ammonisce una lapide sull'uscio.

E sul muro un altro marmo porta incise le parole: «fede e civiltà».

Arrivare col buio tra le case accende una tristezza infinita. Si entra nel regno delle ombre. Niente più donne sulle soglie o voci di gente nei vicoli. Quasi tutte le case alte e sottili, gioielli di architettura rurale coperte con lastre di pietra grigia, sono vuote e silenziose e attendono rassegnate l'ultima spallata del tempo.

La tragedia del Vajont ha cancellato tutto. Dentro qualche rara finestra illuminata, da cui un tempo uscivano le preghiere della sera, sciabolano i lampi del televisore.

«Sono un po' sorda, non capisco niente quando parlano - mi ha detto una vecchia sorridendo - ma mi piace vedere i colori e guardare la gente muoversi.»

Volevo risponderle che nemmeno io capisco proprio tutto davanti alla TV eppure il mio udito è ancora perfetto.

Le due piccole osterie dove si giocava a morra per notti intere sono chiuse. I gestori, gente semplice e anziana, non hanno retto all'impegno mentale richiesto per manovrare il contatore di cassa. Zelanti legislatori hanno imposto quel marchingegno anche lassù, per contare venticinque "ombre" di vino al giorno. La legge non è uguale per tutti perché i poveri e i deboli non sono uguali ai ricchi.

Mi chiedo quando verranno installati nel mondo i registratori di cretini: penso che ne risulterebbe un bel numero.

Il borgo vive ormai sospeso nella malinconia della solitudine, sentimento devastante per i cuori sensibili. La ragazza dagli occhi azzurri simili a certi cieli del Borgà e i capelli biondo pallido come l'erba di novembre, è da tempo nella terra. Portò i suoi passi per quel sentiero una sera d'estate, volò leggera sul vuoto della vita e non tornò più.

Ogni volta che passavo di là mi offriva un bicchiere. Mentre bevevo fissava intensamente i miei gesti senza parlare. Forse voleva fermarmi un attimo ma non osava dirmelo e mi interrogava con quella muta guardata. Resta per me il mistero di quel silenzio.

La curva dopo il camposanto, venendo da occidente, è sempre uguale. Conserva la sua fama di posto strategico per il bracconiere. Da lì si poteva spiare senza essere scoperti. Il ricordo torna all'amico dei forcelli, quello che non arrivò all'appuntamento un primo maggio. Lo vedo rannicchiato sotto il muro con l'indice sulle labbra. Continuava a sussurrarmi «ssssst» nonostante io fossi da un pezzo muto come una tomba. Ore e ore di attesa nascosti, poi, al primo buio, via di corsa con fucili e prede a bere grappa dai complici. Succedeva sempre così: appena giunti al sicuro la tensione a lungo repressa si scioglieva liberando quello sfogo da scampato pericolo che ci portava immancabilmente alla bevuta. Tornavamo a casa l'indomani, dopo aver smaltito i veleni della sbornia in qualche fienile.

Vi sono strade dentro di noi su cui l'erba del tempo non può crescere alta. La forza dei ricordi è una falce speciale che taglia i tristi fieni dell'oblio.

Tornare ad abitare ancora gli antichi luoghi silenti, tendere di nuovo l'orecchio per risentire i vecchi passi. Questo può essere il futuro. Allora forse quel grande larice rinsecchito, spina solitaria nel fianco del monte, riprenderà a vivere e metterà fiori nuovi al passaggio del figliuol prodigo.

Il Vecchio Pin

Credo fosse l'unico uomo al mondo, almeno tra quelli da me conosciuti, a cui crescesse la barba sul naso. Quando si radeva, oltre alle guance e al mento, doveva insaponare anche la grossa nappa e passarvi il rasoio per asportarne i fitti peli che la ornavano.

Non era molto alto ma aveva due spalle sulle quali la giacca sembrava imbottita, tanto erano larghe e possenti. Gli occhi avevano un perenne lampo irritato che contrastava nettamente con la sua indole buona e gentile. Quando successe il disastro del Vajont contava circa sessant'anni.

In gioventù aveva fatto una vita durissima, frequentato i lavori più umili. Aveva girato diverse città del Nord come venditore ambulante di oggetti in legno, ma nei suoi racconti parlava solo di Brescia. Era anche un buon artigiano, abile soprattutto nel fabbricare rastrelli da fieno e oggetti di legno al tornio. Il suo ultimo impiego era stato alla cava di marmo del monte Buscada, sopra il paese di Erto.

S'era sposato non più giovane. Una moglie buona e sensibile lo aiutava a eludere le ombre che stavano dietro ai patimenti passati. La guerra lo aveva portato sui fronti d'Albania e di Grecia. Era tornato con una scheggia nella spalla destra. L'arto era rimasto difettoso ma non abbastanza per lo Stato, che non gli concesse nemmeno la pensione minima.

Infine, dopo il Cinquanta, un impiego da minatore alla cava di marmo. Lavoro duro che gli permetteva però di stare tra i suoi monti.

L'aria dei duemila metri lo ringiovaniva. Luglio concedeva giornate lunghe.

Spaccava sassi con la mazza per dieci ore al giorno. Verso sera girava per le rocce a cogliere stelle alpine che il sabato portava a sua moglie. Si coricava molto presto rispetto agli altri operai e prima di addormentarsi consumava il rito di bere mezzo bicchiere di grappa tutto d'un fiato. Ogni tanto si dimenticava e per non alzarsi dal letto, pregava noi giovani di andargli a prendere la dose di acquavite. Qualche volta, per fargli uno scherzo, versavamo mezzo gotto di acqua pura della sorgente. Lui come al solito lo ingollava d'un sorso poi esplodeva in una sequela di parolacce al nostro indirizzo e non smetteva fino a che non gli portavamo la grappa vera. Dopo averla mandata giù in un lampo, ci porgeva il bicchiere e con un sorriso e uno sguardo complici esclamava:

«Grazie *canàis*».

Con quel sonnifero s'addormentava tranquillo.

Si trovava lassù la sera che il monte Toc scivolò nell'acqua del lago artificiale.

«Udimmo un forte rumore - mi raccontava - e pensai che qualcosa fosse successo giù alla diga.»

Al mattino scesero tutti. Lui, in silenzio, la giacca sulla spalla come usava quando andava di fretta, si diresse verso la sua abitazione al Colle delle Spesse. Non trovò più nulla.

Della sua casa rimaneva soltanto il pavimento di lastre antiche. E neanche le altre esistevano più. L'intera frazione era scomparsa. Restavano soltanto gli impiantiti di pietra, incollati alla terra biancastra come francobolli, che la furia dell'acqua non era riuscita a strappare.

Buttò la giacca su un sasso e si sedette sopra. Arrotolò una sigaretta. Guardandosi attorno, si accorse che anche le frazioni di Pineda, Prada, Marzana e S. Martino erano scomparse. Gli raccontarono di Longarone rasa al suolo. Allora nella sua testa qualcosa si inceppò.

Lavorò ancora qualche stagione, ma parlava sempre meno e in modo strampalato. Tornò giù al paese e iniziò a bere grappa anche al mattino. Nei giorni che gli restarono da vivere non ebbe più cura di sé.

Per anni si cibò unicamente di tre o quattro uova al giorno. Le comperava nel piccolo negozio della Vecchia Erto riaperto dopo il Vajont; col sacchetto in mano si recava all'angolo di una casa, sopra un alto muro, picchiettava le uova sul bordo di un sasso e le beveva piano piano, una dopo l'altra. Col passare dei mesi, sotto quel muro era cresciuta una montagnola di gusci.

Il sussidio che l'assistenza gli passava finiva tutto in vino. Ogni tanto qualcuno lo invitava per un pasto caldo ma lui rifiutava sempre; non era tipo da accettare elemosine. Solo nel suo ultimo anno di in vita, dopo che lo Stato reputò di avergli dato abbastanza e sospese il sussidio, si umiliava a chiedere cento lire qua e là. Raccoglieva le cicche dalla strada e quando ne aveva tre o quattro rifaceva la sigaretta con una striscia di giornale.

Era diventato il compagno di noi giovani. Spesso lo portavamo in giro nei paesi della valle a bere e a divertirci insieme. Quando avevamo soldi gli compravamo da fumare per una settimana.

Lui, un tempo uomo di fede, ingenuo e pulito, non riusciva a capacitarsi che il Padre Eterno avesse permesso quell'immane sciagura. Si mise a pensare giorno e notte senza più dormire, finché i cavalli del giudizio spezzarono i recinti e se ne andarono dalla sua testa.

Discuteva di continuo col Signore imprecando qualcosa a bassa voce e guardando continuamente verso l'alto. Era convinto di parlare direttamente con Dio.

Dormiva in una vecchia casa abbandonata dove era entrato senza pensarci tanto, sfondando la porta con un calcio. All'interno vi era una stufa che non si degnò mai di accendere, un tavolo su cui poggiare il bottiglione e una panca di legno per passare le notti. Dormiva vestito o al massimo si toglieva le scarpe senza lacci. Noi giovani gli procuravamo un po' di legna ma era del tutto inutile, perché non aveva più voglia di riscaldare nessuna casa: gli era entrato il gelo nel cuore e non badava più al freddo dell'inverno.

Quando un uomo non accende più il fuoco nel camino è segno inequivocabile della sua fine.

Ogni tanto lo interrogavo sul perché di quei comportamenti. Cercavo di capire cosa passasse in quel cervello smarrito, ma la risposta era sempre la stessa:

«Parcì è caro morì».

Negli ultimi anni i cavalli del giudizio si erano lanciati sempre più lontano. Iniziò una ricerca giornaliera e metodica sulle rive sconvolte di quella che era stata una delle più grandi dighe del mondo. Tra macerie di ogni tipo, in un caos incredibile di tronchi, lamiere, pezzi di case, tavolame e alberi spezzati era convinto di poter trovare la fede nuziale della sua povera moglie.

Lo incontravo quasi tutti i giorni mentre tornava su dalle sponde martoriate, avvilito; ogni volta teneva in mano qualche reperto che la sua immaginazione malata attribuiva all'una o all'altra famiglia scomparsa. Un giorno lo vidi arrivare con lo schienale di un lettino. Disse che era di Lucia. Lucia era una mia coetanea morta assieme ai fratellini nell'acqua del Vajont. Affermò di riconoscere bene il pezzo, perché quel lettino lo aveva costruito lui stesso. Cominciai a convincermi che era proprio "andato".

Seguitò per mesi a condurre la sua caparbia ricerca. Si femò solo d'inverno quando la neve coprì il terreno occultando agli occhi smarriti i nefasti risultati dell'ingegno umano.

Un pomeriggio d'estate mi venne incontro tutto agitato tenendo una mano infilata nella tasca della giacca. Portava sempre la giacca qualsiasi stagione fosse.

«L'ho trovato» disse sottovoce.

Gli brillavano gli occhi. Entrammo nell'unica osteria riaperta dopo i fatti del Vajont. Mentre si sedeva accanto a me, senza togliere la mano di tasca, mi sussurrò di ordinare due quarti di rosso. Poi lentamente lo tirò fuori. Teneva stretto un sudicio fazzoletto a fiorellini; lo svolse e, al centro della tela, comparve quello che per lui era l'anello matrimoniale di sua moglie.

«Eccolo qua finalmente! Glielo avevo comperato a Brescia» mormorò.

Presi quel piccolo oggetto tra le dita e non ci misi molto a scoprire che si trattava di un umile cerchietto d'ottone, di quelli usati per far scorrere le tendine nel bastoncino di sostegno. Provai tenerezza verso quell'uomo che, solo nella follia, era riuscito finalmente a fare suoi quei sogni che un cervello sano non oserebbe neppure pensare.

Mi guardai bene dal deludere la sua certezza e gli feci i miei complimenti. Era raggiante. Si vedeva che andava fiero di se stesso per quel ritrovamento.

Passammo la serata a bere vino. Avvertii i miei amici di essere accorti e di non ridere quando avrebbe mostrato anche a loro il suo piccolo tesoro.

Mi raccontò di averlo trovato sotto un trave assieme a molti altri, attaccati a uno straccio.

«Quelli non li ho toccati - disse - perché sono delle altre mogli.»

Sicuro di conoscere le proprietarie iniziò a nominarle una per una. Erano tutte donne della sua frazione, morte con la famiglia nell'acqua del Vajont.

Da quel giorno sembrò più tranquillo e smise di cercare ricordi sulle sponde del lago maledetto.

Nei mesi che seguirono, qualche volta lo mettevo alla prova per accertarmi se conservava sempre il suo monile. Gli chiedevo a bruciapelo:

«Pin, fammi vedere l'anello di tua moglie».

«Eccolo qua» rispondeva svelto, mentre dal taschino interno della giacca estraeva orgoglioso il cerchietto.

Era diventato lucido da sembrare oro autentico, tanto lo maneggiava e lo strofinava. A volte io e gli amici, fingevamo cinicamente di corrompere la sua fedeltà dicendogli che a Longarone c'era un orefice che lo avrebbe reso milionario in cambio di quell'anello. Ma lui, sdegnosamente offeso, rifiutava fermamente e non voleva nemmeno udire quella proposta.

«Piuttosto crepo di fame» ribatteva alle nostre insistenze.

Non visse molto, dopo il ritrovamento della fede nuziale. Forse un anno e mezzo, o due. Venne portato all'ospizio di Longarone. Quasi tutte le sere noi giovani calavamo nel paesino rinato a divertirci e spesso incontravamo il vecchio amico e trascorrevamo qualche ora con lui.

Lavoravamo già da tempo nelle imprese di costruzione e le nostre tasche avevano incominciato a conoscere qualche lira. Ma erano tasche bucate e si svuotavano facilmente. Lo rifornivamo di sigarette e di qualche soldo. Voleva tornare a Erto:

«Non sopporto le suore del ricovero - ghignava - perché non mi lasciano fumare in camera».

Infatti a qualsiasi ora della notte si passasse davanti all'ospizio, si notava sul poggiolo il lumicino della brace accesa e, nell'ombra, la sagoma del Pin che fumava appoggiato alla ringhiera.

Verso la fine era diventato gonfio e tremolante. Gli occhi, un tempo implacabili, stavano nascosti dietro un velo acquoso e giallognolo che non lasciava speranza. La cirrosi venne in suo aiuto e Pin si spense serenamente, assistito dall'amico sacerdote don Martin, anch'egli vecchio ospite della casa di riposo e compagno di osterie.

Quando fu raccattato il suo umile guardaroba, prima di buttarlo gli inservienti ispezionarono i vestiti perché non venisse lasciato dentro qualcosa di valore, ma da quelle tasche uscirono solamente cicche di sigarette, fazzoletti sudici, fiammiferi sparsi e qualche moneta da poche lire. Dal taschino interno di una giacca saltò fuori anche un cerchietto d'ottone, di quelli che servivano un tempo a sostenere le tende delle cucine. Dopo una rapida occhiata gli assistenti si affrettarono a buttare tutto nel cassone dell'inceneritore assieme ad altre povere cose appartenute all'anima semplice del vecchio Pin.

La Radura

Le radure sono i luoghi arcani delle selve. Sono piccoli spazi liberi e puliti dove la boscaglia non riesce a crescere. Nessuno sa spiegare perché a un certo punto il bosco si interrompa per fare posto a una piccola estensione circolare tappezzata d'erba. Ai bordi di queste oasi luminose, sul limitare della foresta, dimorano acute rimembranze in perenne attesa.

In primavera e d'estate, nella magica ora in cui la sera chiude il giorno in una stanza buia dando origine alla notte, si possono udire le voci degli spiriti dei boschi. Nelle altre stagioni si sentono appena un po' più lievi. Ma per udire le voci degli spiriti bisogna essere da tempo delusi da quelle degli uomini.

Le radure sono state create apposta per dare conforto all'animo avvilito. Bisognerebbe frequentare più spesso quei vuoti solitari, amici della quiete. In essi sta rinchiuso l'archivio segreto dei nostri ricordi.

Sediti alla sera sull'erba di un cerchio fatato, da solo, e tutto ciò che hai vissuto ti scorrerà innanzi. In quel luogo il passato remoto torna a cercare coloro ai quali un tempo appartenne, così come la giovinezza torna a spiare il vecchio alla fine dei suoi giorni. Nelle radure si sta bene perché sono luoghi sereni che invitano al riposo e alla meditazione, e guariscono i mali della vita.

Quando mio padre, spintonato dagli eventi che hanno segnato la sua esistenza, spariva per qualche tempo, io sapevo dove trovarlo. Stava seduto, nascosto in uno spiazzo sul colle delle acacie assieme ai suoi pensieri. Ogni tanto fumava e guardava le piante intorno muovere dolcemente le cime alla tenue carezza di un venticello leggero. C'è sempre un po' di vento nelle isole del bosco: vento calmo, delicato, sottile. Gli alberi non lo lasciano scappare: lo impigliano, lo tengono, lo frenano, lo persuadono a restare. Così, prigioniero di quel cerchio maliardo, circola perennemente in qua e in là senza poter più fuggire.

Da aprile fino al termine di giugno verrà un cuculo tutti i giorni a tenerti compagnia col suo canto malinconico.

Molti altri uccelli frequentano le radure e ognuno rivela il proprio carattere cantando. L'aquila lancia un grido acuto, metallico, aggressivo come lei. Il merlo, esuberante e chiacchierone, sciorina di continuo la sua incontenibile sequela di entusiasmi. Il corvo esordisce sbraitando all'improvviso con una voce sguaiata e rauca da farcelo apparire subito antipatico e maleducato. Lo scricciolo si sente appena emettere un tenue *pit pit* che la dice lunga sulla sua minuscola e fragile vita. Il tordo, superbo, arrogante, sicuro di sé e del prestigio che lo circonda, gorgheggia continui virtuosismi in erre moscia. Sembra di sentir parlare quelle persone dal sangue blu, ricche e indisponenti che, probabilmente proprio perché sono in possesso di blasone, la natura ha voluto distinguere dotandole di quell'insopportabile raucedine nel pronunciare la erre. Ma forse non è colpa loro né del tordo.

Le radure favoriscono la concentrazione. Si legge meglio stando seduti in quei cerchi misteriosi. Bisogna però rispettare il silenzio che vi abita. Di giorno è permesso solo al fauno suonare il flauto e a Pan di lanciare il suo grido. Di notte, sono le civette e i gufi che si lamentano con sussurri soffocati come colpi di fiato.

Là nasce la medicina per le anime tristi, circola un'aria buona che porta serenità e speranza. Gli uomini antichi lo sapevano e costruivano le loro case in quei luoghi per sentirsi protetti e in pace.

Questa primavera un corvo non tanto vecchio, vedendomi spesso seduto sotto un larice in una bella radura, mi ha raccontato una storia:

«Lo scalpellino Jan conosceva i benefici che emanano dalla terra, e molti anni fa aveva costruito la sua abitazione proprio nel punto in cui ora tu stai seduto. Portò su la sabbia per l'erto sentiero, dal greto del torrente Vajont, in una gerla foderata con tela. Pochi oggi sanno quanto pesi una gerla piena di sabbia. Trascinò giù i sassi con la slitta dai libri di San Daniele, sul monte Borgà. Li lavorò e li mise in opera. Sposò una donna bruna dai fianchi larghi e le braccia forti ed ebbe da lei quattro figli: tre maschi e una femmina. Quei bambini crescevano belli, sani e robusti nella radura ai margini della foresta. Vivevano assieme agli uccelli, alle piante, agli animali, al vento, alla pioggia e agli alberi da frutta. La radura era diventata pulita e spaziosa. D'estate, il padre falciava l'erba, potava gli alberi e vi innestava nuove gemme. I ragazzini cercavano nidi e ogni tanto portavano a casa un piccolo di corvo che allevavano amorevolmente. Quando arrivava la stagione degli amori quegli amici alati se ne andavano lasciando i bambini nella tristezza. Ma, immancabili, in autunno essi tornavano a posarsi sul melo o sul pero per un'ultima visita.

Nei giorni invernali, dopo le lezioni, i fratelli si lanciavano con la slitta in spericolate discese sulla neve dei monti circostanti. Alla sera, rossi in viso e stanchi, si raccoglievano attorno al fuoco spiando il papà che intagliava utensili di legno, fino a che il sonno non veniva a prenderli.

Frequentando la scuola del paese, distante circa un chilometro, quei bambini apprendevano la scrittura degli uomini, ma vivendo nella radura imparavano altresì il mondo degli animali e della natura. Conoscevano ad esempio la differenza tra il fruscio nell'erba della vipera e quello del ramarro e individuavano l'ubicazione dei nidi seguendo nel canto il maschio della coppia.

Intuivano che sarebbe caduta la neve dal grigiore compatto del cielo e dall'aria fredda e tagliente, e quando l'acqua cambiava suono nella forra indovinavano che stava per arrivare un periodo di siccità. Da come squittiva lo scoiattolo sapevano se questo aveva i piccoli o meno.

Il padre lavorava a Longarone in una ditta di marmi. Partiva al mattino con la corriera dei Giordani di Claut e tornava alla sera sempre con quella corriera. I figli, dopo le ore di scuola, davano una mano alla mamma nella stalla dove ruminavano tranquille due belle mucche da latte. D'estate scorrazzavano per i boschi dei quali conoscevano ogni segreto; al rientro portavano sempre sulle spalle un piccolo fascio di legna secca. La ragazzina non era meno coraggiosa dei fratelli anzi, molte volte si dimostrava più temeraria di loro. Quando andavano a rubare le ciliegie al vecchio Pinut, era lei che veniva spinta sull'albero col secchiello appeso in vita. I fratelli, con la scusa di montare la guardia, si garantivano un'eventuale fuga.

Così passavano i giorni, e gli anni trascorrevano beati nella radura in mezzo al bosco. Un sabato di maggio il padre annunciò che avrebbe cambiato lavoro. Era stato assunto nel grande cantiere di Erto dove, come un immenso foglio di cemento, si innalzava la diga del Vajont. Con la buonuscita del suo precedente impiego acquistò una motocicletta e non dovette più salire sulla corriera dei Giordani. Uno alla volta, seduti sul sellino posteriore, portò i suoi ragazzi a vedere la diga. La piccola viaggiò con paura poiché l'aria della velocità le toglieva il respiro.

Prima di tornare a casa il genitore sostava alla vecchia osteria del Colombèr dove offriva ai figli il gelato.

Trascorse così anche quell'ultima estate. Era ottobre: l'autunno stava per arrivare; le giornate erano ancora belle ma le ghiandaie se ne andavano già senza rimpianti. I quattro ragazzini avevano ripreso la scuola. Nella notte del 9 piombò sui paesi un'immensa gobba d'acqua che cancellò uomini e cose.

Anche la radura fu spazzata via assieme alla casa, allo scalpellino e alla sua famiglia.»

A questo punto il corvo fece una lunga pausa poi seguitò:

«Molto tempo è passato da allora. Dopo trentatrè anni, come vedi, la natura ha quasi guarito le ferite della terra. Sono nati nuovi alberi, cresce ancora l'erba verde e cantano ancora gli uccelli. Tutto è tornato come prima. Solo quei bambini non ci sono più. E non sono mai stati ritrovati».

Stava per calare il sole a ovest del Monte Toc, quando l'uccello, con un breve volo, scese dal larice su cui stava e venne a posarsi su un cespuglio vicinissimo al mio viso:

«Ora ti voglio rivelare un segreto - disse. - Io vengo in questo posto perché ho l'impressione che i piccoli siano tornati. Certi giorni d'estate mi sembra di percepire la loro presenza qui attorno. Odo le loro voci e alla sera, prima che tutte le bestie s'addormentino, li sento ridere sommessamente».

Da ragazzo avevo imparato anch'io l'idioma degli animali. Scavando nella memoria per riesumare quel segreto linguaggio non del tutto perduto, ho chiesto al corvo come mai fosse a conoscenza di questa storia.

«Io - ha risposto con tristezza - sono l'ultimo corvo che i ragazzini allevarono in quella lontana primavera del 1963.»

L'Ultima Estate

I quattro figli dello scalpellino Jan trascorsero serenamente la loro ultima estate. Il sole, la pioggia e il vento li videro lavorare e giocare felici nei boschi vicino alla radura dove sorgeva la casa natia. La scuola era appena finita. Si difendevano bene nelle aule scolastiche, i ragazzi, ma la piccola emergeva su tutti: diligente e seria, in ottobre avrebbe frequentato la prima media a Longarone. Era l'anno in cui la scuola media diventò obbligatoria. Anche i primi due fratelli, che nel paese avevano concluso rispettivamente l'ottava e settima classe, avrebbero iniziato le medie a Longarone. La sorellina voleva imparare l'arte di parrucchiera per far belle, diceva, tutte le ragazze del paese.

Il maggiore voleva diventare muratore. Anche la scuola per muratori e carpentieri aveva sede a Longarone, ma se per i ragazzi delle inferiori funzionava un servizio di corriera che tutti i giorni li portava nel grande paese a valle, gli aspiranti muratori e carpentieri dovevano scendere e risalire in bicicletta. Venticinque chilometri al giorno, con qualsiasi tempo, nelle stagioni fredde e con un ritorno tutto in salita, erano le condizioni per imparare un mestiere. Nelle gelide albe invernali partivano in fila indiana, la cartella appesa al tubo della bici e un panino nella tasca della giacca.

Il secondogenito non voleva saperne di proseguire gli studi. Amava la vita libera del bosco: gli piaceva fare legna, governare le bestie, falciare l'erba, intagliare oggetti nel legno.

L'ultimo fratello non aveva ancora manifestato particolari tendenze professionali. Doveva ancora finire le elementari ma, a detta dei maestri, era molto dotato nel disegno artistico.

Quel mese di giugno prometteva bene. Erano iniziate le vacanze, il sole splendeva sulla terra maturando i fieni, quasi pronti per la falce. Le ciliege del vecchio Pinut, turgide e rosse, aspettavano solo di essere colte. Il piccolo di corvo cresceva curioso e vorace. I ragazzi lo avevano sottratto ancora implume da un nido che ospitava tre nati. Tutti i giorni veniva rimpinzato con gli avanzi della tavola ma la sua predilezione andava alle uova di formica. I fratelli le rubavano da un grosso formicaio dietro casa, ma per non infierire troppo su un'unica fonte di cibo, ogni tanto si allontanavano nei boschi in cerca di altri formicai da depredare.

Il taglio del fieno li impegnò per quasi tutta l'estate. Un mattino il secondogenito, mentre affilava la falce, spinse la mano che teneva la cote troppo in alto, verso il filo dell'attrezzo, provocandosi un profondo taglio tra pollice e indice. Venne ricucito dal medico dal paese e durante l'operazione dette prova di stoicismo tenendo la bocca chiusa.

Nel frattempo le due mucche da latte erano state mandate su nella malga. Una volta partite, la stalla venne disinfettata con calce viva: in settembre la Mora, al ritorno dai pascoli alti, avrebbe dato alla luce un vitellino ed era bene che il nuovo arrivato trovasse un ambiente sano e pulito.

Alla domenica tutti e quattro i fratellini si recavano in paese per la Messa. In quell'occasione vestivano decorosamente e si presentavano alla funzione puliti, in ordine e vorrei dire ben pettinati ma sarebbe esagerato visto che il padre, per motivi igienici, d'estate li rapava tutti a zero. Dopo la Messa si intrattenevano a giocare con i giovani del villaggio ma verso l'ora di pranzo, senza nessun preavviso e veloci come il vento, sparivano dileguandosi dietro la curva del cimitero che li portava verso casa.

Luglio regalò ai fratelli un insperato viaggio. Erano stati bravi a scuola e avevano lavorato con diligenza in famiglia, così il padre per premiarli destinò loro un pomeriggio di svago. Con la nuova motocicletta li portò, uno per giorno, lungo la Valcellina a visitare il paese di Barcis e il lago omonimo. In un bar sulle rive il genitore beveva un bicchiere di rosso e faceva al figlio che era con lui pressappoco questo discorso:

«Vedrai che presto, quando la diga sarà finita, anche noi avremo un lago. Anzi, il nostro sarà il più bello perché è più grande e profondo».

Ma pronunciava quelle frasi senza convinzione, poiché in cuor suo stava sospesa da qualche tempo l'ombra di un oscuro pericolo.

A metà agosto cadevano le feste del paese. In occasione delle ricorrenze i ragazzi salirono sui prati del monte Borgà a raccogliere fiori; sarebbero serviti per adornare le statue di San Bartolomeo, San Rocco e della Madonna durante le rispettive processioni.

In quei giorni di sagra venne al paese un venditore di giocattoli che sistemò il suo banchetto nella piccola piazza. Su quelle semplici assi abbellite da carta colorata, fra le tante meraviglie esposte, una bambola di pezza catturò il desiderio della giovinetta. Per una settimana, tutti i pomeriggi, ella andò a trovare il venditore chiedendogli di poter tenere tra le mani quella bambola per qualche minuto.

L'ultima sera, poche ore prima di partire, l'uomo, mosso a compassione da quegli occhi rassegnati e conquistato da tanta costanza, gliela donò. La piccola corse felice verso casa e, ancora con il batticuore per l'emozione, la sistemò sopra il cassettone dei vestiti, nella stanza che divideva con il fratello minore.

Venne settembre e, dopo il 12, ebbe inizio come ogni anno il taglio del bosco. La domenica, finita la Messa, e nei pomeriggi feriali, quando il padre terminava il turno alla diga, i figli aiutavano a fare legna nel bosco del Tamèr. Scendevano velocissimi con le minuscole slitte cariche di rami, costruite a misura di ognuno. Li accompagnava ovunque il piccolo di corvo, che ormai volava sicuro ed elegante. Quando andavano a Messa dovevano chiuderlo nella stalla perché altrimenti li avrebbe seguiti anche in chiesa. Se viene allevato in cattività, il corvo diventa un amico sincero, affettuoso e fedele. Solo a primavera, dopo il primo anno di vita, se ne va momentaneamente per seguire l'immortale istinto dell'amore, ma tornerà. Il corvo torna sempre a trovare un vecchio amico.

I giorni passavano. Ormai si respirava aria d'autunno. Le foglie avevano già messo gli abiti colorati ed erano pronte a partire in compagnia del vento. Al crepuscolo lo scalpellino sedeva sulla pietra fuori casa per fare una fumata in santa pace. Dopo aver arrotolato il tabacco nella cartina e acceso la sigaretta, fissava con timore l'immensa superficie del bacino artificiale. L'acqua lambiva quasi i bordi della radura. Era un'acqua verde cupo, profonda e scura che stava sempre ferma. Non assomigliava per nulla a quella blu del mare che un giorno lontano aveva visto per la prima volta a Venezia. Vi era andato con sua moglie e altri paesani in una gita in pullman organizzata dal parroco. Quella, ricordava, era un'acqua allegra, giocosa: si muoveva, sbatacchiava, portava verso riva onde su onde, pareva amica insomma. Nel lago di Erto invece l'acqua era immobile, taciturna, sinistra, sospettosamente cupa, come pronta a colpire. Ogni tanto dal monte Toc provenivano forti rimbombi. La gente era preoccupata ma i tecnici assicuravano che niente di grave sarebbe successo. La gente si fidò e consegnò il proprio destino nelle mani dei dottori, come il malato si concede alla piena fiducia del medico.

Finì anche settembre. La Mora era tornata dall'alpeggio appena in tempo per far nascere un vitellino. I fratelli tutti d'accordo, su proposta del più piccolo, lo chiamarono Giotto, ispirati dai colori che portava sul manto.

Poi iniziarono i preparativi per la scuola: libri nuovi, cartelle nuove e tante novità. Le cartelle di stracci, confezionate fino ad allora dalla mamma, furono messe da parte. Non sarebbe stato decoroso scendere nella grande città con quegli umili contenitori di cultura.

Venne ottobre e con esso il primo giorno di scuola. Al mattino passò la corriera dei Giordani e raccolse tutti i nuovi studenti. C'eravamo anche mio fratello Felice ed io, con ancora addosso l'odore della malga.

Il primo impatto nel nuovo mondo non fu proprio morbido: i giovani della bassa ci canzonavano ironizzando sui nostri poveri vestiti. I figli dello scalpellino scatenarono subito una rissa facendo a botte con due ragazzotti del posto che imitavano sarcasticamente la nostra parlata gutturale, e nello scontro i cittadini ebbero la peggio. Ma l'attrito durò pochi giorni, dopo di che vennero alla luce i lati buoni, nacquero le prime amicizie e si cominciò ad andare d'accordo con tutti.

A Longarone, vicino alla scuola, c'era un salone di parrucchiere. Ogni giorno, nell'intervallo, la ragazzina sbirciava attraverso i vetri opachi dell'atelier dove ormai s'erano addensati i suoi sogni. Sperava che la padrona, una volta finite le scuole, potesse prenderla con sé come apprendista. Durante le lezioni si accorse che un giovinetto la guardava insistentemente; il fatto la emozionò e non vedeva l'ora di tornare a scuola per sentirsi addosso lo sguardo di lui. La vita usa sempre questo metodo: comincia piano piano a concederti illusioni che al principio sembrano gioie pure. Ci penseranno gli anni poi a demolire spietatamente il fragile castello fatato dell'adolescenza.

Ma quei ragazzi, assieme a molti altri, non ebbero il tempo di vedere infrante le illusioni. Scomparvero prima che il destino si mettesse a spintonarli brutalmente. Se ne andarono con l'animo ancora pieno di sogni. A volte, nei momenti in cui il cuore scappa nel passato, ricordo con dolcezza quei volti e rivedo i loro innocenti sorrisi carichi di speranza.

Trascorsero i primi giorni di ottobre. Nella nuova scuola i ritmi iniziavano a susseguirsi in modo ordinato e preciso. Il giorno 9, i figli dello scalpellino si recarono regolarmente alle lezioni. Iniziava l'autunno. La valeriana colpita dal primo freddo mandava per l'aria i suoi effluvi di erba morente. Gazze e cornacchie gracchiavano salutandosi a vicenda poiché le prime stavano per partire. Nei cortili, le cataste di legna occhieggiavano impaurite sentendosi ormai prossime alle fauci delle stufe. La giornata era limpida.

Quella sera in casa dello scalpellino per cena ci fu un unico piatto a base di riso e conserva. Mentre mangiavano, la figlia raccontò alla mamma che finalmente la parrucchiera di Longarone l'aveva notata e le aveva promesso che durante le vacanze l'avrebbe presa con sé a bottega come apprendista. E concluse entusiasta:

«Vedrai mamma, quando avrò imparato bene il

mestiere ti farò diventare la donna più bella del paese!»

Dopo cena i ragazzi si ritirarono nelle loro stanze; i genitori restarono in cucina accanto al fuoco. Parlarono del futuro cercando di immaginare anche quello dei figli e dai loro discorsi trapelavano fiducia e speranza. Verso le dieci si coricarono.

Alle undici meno un quarto ci fu l'immenso boato.

Vorrei convincermi che se ne andarono nel sonno, senza accorgersi che la morte era venuta a prenderli.

Un pomeriggio, molti anni dopo, il vecchio Pin, tenuto in piedi dalla speranza di trovare la fede nuziale di sua moglie, risalì le rive martoriate di quella che era stata una delle dighe più alte del mondo. Teneva in mano una bambola senza braccia. Lui, che non aveva avuto figli, si era affezionato ai bambini della radura, poiché viveva in una baita vicino a loro. Nella sua quieta follia assicurava che quel giocattolo mutilato era appartenuto alla figlia dello scalpellino e sorretto da quella certezza la depose come una reliquia sui resti della casa dove aveva vissuto la bambina.

Da quella sera lontana molti anni sono trascorsi, come vuole l'inesorabile cammino del tempo.

Il vento del passato ha smussato gli spigoli taglienti a quei giorni tragici e impressionanti.

La rassegnazione pulisce il dolore rendendolo levigato ed essenziale come un ciottolo di torrente. Solo ogni tanto esso torna a cercarci scostando per un attimo il velo dell'oblio. Ma poiché ricordare è un riflesso istintivo, da tutti quei morti emergono i volti dei bambini scomparsi nell'acqua del Vajont. E la tristezza, nel suo perenne girotondo attorno ai fatti della sera maledetta, passa a visitarci portando con sé il sorriso di quei bambini e il ricordo della loro ultima estate.

Nota

I seguenti racconti sono stati pubblicati, in date diverse, su *Il Gazzettino di Pordenone*: Mio nonno, Il faggio, Il pero e il melo, Il cuculo, Il volo della martora (con il titolo "La martora"), La malga, Il maiale, Le prime scarpe, Il vecchio cacciatore, L'amico buono, Mio fratello, La profezia, La strada, La radura, L'ultima estate, .

Indice

I MITI

(ultimi volumi pubblicati)

D. Lapierre - L. Collins, *Gerusalemme, Gerusalemme!*

John Grisham, *Il partner*

Christian Jacq, *Ramses. La dimora millenaria*

Susanna Tamaro, *Anima mundi*

Willy Pasini, *La qualità dei sentimenti*

Enrico Brizzi, *Bastogne*

Christian Jacq, *Ramses. La battaglia di Qadesh*

P.D. James, *Morte sul fiume*

Patricia Cornwell, *Il cimitero dei senza nome*

Walt Disney, *Pippo. Pensieri in libertà*

Christian Jacq, *Ramses. La regina di Abu Simbel*

Rosamunde Pilcher, *Neve d'aprile*

Luciano De Crescenzo, *Nessuno*

Christian Jacq, *Ramses. L'ultimo nemico*

Maria Bellonci, *Rinascimento privato*

Patricia Cornwell, *Il nido dei calabroni*

Alberto Bevilacqua, *Lettere alla madre sulla felicità*

Margaret Mazzantini, *Il catino di zinco*

Heinrich Harrer, *Sette anni nel Tibet*

Martin Cruz Smith, *Gorky Park*

Omero, *Iliade*

Patricia Cornwell, *Causa di morte*

Mary Higgins Clark, *Testimone allo specchio*

Scott Turow, *La legge dei padri*

David Baldacci Ford, *Biglietto vincente*

Alberto Bevilacqua, *Gialloparma*

G. García Márquez, *L'amore ai tempi del colera*

Rosamunde Pilcher, *Ritorno a casa*

Andrea De Carlo, *Di noi tre*

Daniele Luttazzi, *Cosmico!*

John Grisham, *L'avvocato di strada*

Andrea Camilleri, *Un mese con Montalbano*

Rosamunde Pilcher, *La casa vuota*

Ken Follett, *Una fortuna pericolosa*

Angela e Luciana Giussani, *I grandi colpi di Diabolik*

D. Lapierre - L. Collins, *Stanotte la libertà*

Manuel Vázquez Montalbán, *Lo strangolatore*

Bonelli - Galleppini, *Tex. Mefisto il Signore del Male*

Patricia Cornwell, *Morte innaturale*

P.D. James, *Una certa giustizia*

John Grisham, *Il Rapporto Pelican*

Cathleen Schine, *L'evoluzione di Jane*

Sveva Casati Modignani, *Lezione di tango*

Walt Disney, *Zio Paperone*

Thomas Harris, *Drago Rosso*

Philippe Delerm, *La prima sorsata di birra*

Dominique Lapierre, *Mille soli*

Luciano De Crescenzo, *Il tempo e la felicità*

Andrea De Carlo, *Macno*

Robert Harris, *Archangel*

Paolo Maurensig, *Venere lesa*

Tom Wolfe, *Il falò delle vanità*

Robert Mawson, *La bambina Lazarus*

Leonardo Pieraccioni, *Trent'anni, alta, mora*

Patricia Cornwell, *Punto di origine*

Rosamunde Pilcher, *Profumo di timo*

Stephen King, *Rose Madder*

Ken Follett, *Il Martello dell'Eden*

Mary Higgins Clark, *Sarai solo mia*

Abraham B. Yehoshua, *Ritorno dall'India*

G. García Márquez, *Il generale nel suo labirinto*

John Grisham, *Il testamento*

David Baldacci, *La semplice verità*

Robert Harris, *Fatherland*

Max Bunker, *Alan Ford contro Gommaflex*

Carlo Castellaneta, *Villa di delizia*

Diego Cugia, *Jack Folla. Alcatraz*

Thomas Harris, *Hannibal*

Christian Jacq, *Il faraone nero*

Kuki Gallmann, *La notte dei leoni*

Luciano De Crescenzo, *Le donne sono diverse*

Frederick Forsyth, *Il fantasma di Manhattan*

Ernest Hemingway, *Vero all'alba*

Christopher Reich, *Il conto cifrato*

Hans Magnus Enzensberger, *Il mago dei numeri*

Stephen King, *La bambina che amava Tom Gordon*

Danielle Steel, *Il fantasma*

Nelson DeMille, *Morte a Plum Island*

Walt Disney, *Macchia Nera (e tutti i cattivi)*

Rosamunde Pilcher, *Sotto il segno dei Gemelli*

Pietro Citati, *La luce della notte*

Andrea De Carlo, *Nel momento*

Andrea Camilleri, *Gli arancini di Montalbano*

Patrick Redmond, *L'allievo*

Carlo Lucarelli, *L'isola dell'Angelo Caduto*

Alberto Bevilacqua, *Sorrisi dal mistero*

Fruttero & Lucentini, *La donna della domenica*

Patricia Cornwell, *Croce del Sud*

Luciano De Crescenzo, *La distrazione*

Fichi d'India, *Amici ahrarara*

Mary Higgins Clark, *Accadde tutto in una notte*

David Baldacci, *Sotto pressione*

Stephen King - Peter Straub, *Il talismano*

Rosamunde Pilcher, *I giorni dell'estate*

Angela e Luciana Giussani, *I mille trucchi della Jaguar di Diabolik*

Thomas Harris, *Black Sunday*

Sidney Sheldon, *Una donna non dimentica*

Alberto Bevilacqua, *Anima carnale*

Danielle Steel, *La lunga strada verso casa*

Abraham B. Yehoshua, *L'amante*

Martin Cruz Smith, *Havana*

Nelson DeMille, *La Costa d'oro*

Walt Disney, *Indiana Pipps alla ricerca dei tesori perduti*

John Grisham, *I Confratelli*

Patricia Cornwell, *Cadavere non identificato*

Nicholas Sparks, *Le parole che non ti ho detto*

James Ellroy, *American Tabloid*

Andrea De Carlo, *Yucatan*

Giobbe Covatta, *Dio li fa e poi li accoppa*

Scott Turow, *Lesioni personali*

Rosamunde Pilcher, *Solstizio d'inverno*

Walt Disney, *Eta Beta. Atomi, comete & naftalina*

John Grisham, *Il cliente*

John le Carré, *La tamburina*

Andrea Camilleri, *La scomparsa di Patò*

Sveva Casati Modignani, *Vaniglia e cioccolato*

Gabriele Cirilli, *Chi è Tatiana?!?*

Alberto Bevilacqua, *Gli anni struggenti*

Fabio Volo, *Esco a fare due passi*

Nelson DeMille, *L'ora del leone*

Patricia Cornwell, *L'ultimo distretto*

Danielle Steel, *Brilla una stella*

Stephen King, *Cuori in Atlantide*

Luther Blissett, *Q*

Marguerite Yourcenar, *Memorie di Adriano*

Giuseppe Pontiggia, *Nati due volte*

John Grisham, *Il momento di uccidere*

John Grisham, *La casa dipinta*

Walt Disney, *I grandi colpi della Banda Bassotti*

Giobbe Covatta, *Parola di Giobbe*

Susanna Tamaro, *Il castello dei sogni*

Sidney Sheldon, *L'amore non si arrende*

David Baldacci, *Il controllo totale*

Luciano De Crescenzo, *Tale e quale*

Nelson DeMille, *Cattedrale*

Nicholas Sparks, *Un cuore in silenzio*

Stephen King, *Mucchio d'ossa*

Andrea De Carlo, *Pura vita*

Rosamunde Pilcher, *La tigre che dorme*

Luciana Littizzetto, *Sola come un gambo di sedano*

Ken Follett, *La cruna dell'Ago*

D. Lapierre - J. Moro, *Mezzanotte e cinque a Bhopal*

John le Carré, *Il giardiniere tenace*

Walt Disney, *Superpippo*

John Grisham, *L'appello*

Ken Follett, *Le gazze ladre*

Angela e Luciana Giussani, *Diabolik in Oriente*

Kuki Gallmann, *Elefanti in giardino*

Valerio Massimo Manfredi, *Lo scudo di Talos*

G. García Márquez, *L'autunno del patriarca*

Patricia Cornwell, *L'Isola dei Cani*

Ken Follett, *Il codice Rebecca*

Flavio Oreglio, *Il momento è catartico*

Stephen King - Peter Straub, *La casa del buio*

David Baldacci, *L'ultimo eroe*

Leonardo Mondadori - Vittorio Messori, *Conversione*

Mary Higgins Clark, *Sapevo tutto di lei*

Robert Crais, *L'ostaggio*

John Grisham, *La convocazione*

Sveva Casati Modignani, *Vicolo della Duchesca*

Frederick Forsyth, *Il veterano*

Valerio Massimo Manfredi, *L'ultima legione*

Nelson DeMille, *Missione al Nord*

Nicholas Sparks, *I passi dell'amore*

Andrea Camilleri, *La paura di Montalbano*

Luciano De Crescenzo, *Storia della filosofia medioevale*

Rosamunde Pilcher, *La camera azzurra*

John le Carré, *La talpa*

Walt Disney, *Qui, Quo, Qua*

Margaret Mazzantini, *Non ti muovere*

Marco Della Noce, *Sochmacher*

Scott Turow, *Errori reversibili*

ARNOLDO MONDADORI EDITORE S.p.A.

Pubblicazione in adempimento e secondo le modalità della legge 5 agosto 1981 n. 416 così come modificata dalla legge 23 dicembre 1996, n. 650

Stato Patrimoniale al 31 dicembre 2002 (dati in Euro)

ATTIVO		Valori intermedi 1	Valori intermedi 2	TOTALE 3
A) CREDITI VERSO SOCI PER VERSAMENTI ANCORA DOVUTI				0
B) IMMOBILIZZAZIONI				
I- IMMOBILIZZAZIONI IMMATERIALI				
1 costi di impianto ed ampliamento				
2 costi di ricerca, sviluppo, pubblicità				
3 brevetti e diritti utilizzo opere dell'ingegno			799 868	
4 concessioni, licenze, marchi			104 687 528	
5 avviamento			2 487 601	
6 immobilizzazioni in corso e acconti			5 183	
7 altre			2 609 497	
TOTALE				110 589 677
II- IMMOBILIZZAZIONI MATERIALI				
1 terreni e fabbricati			24 758 780	
2 impianti e macchinari			2 874 786	
3 attrezzature industriali e commerciali			129 234	
4 altri beni			3 187 368	
5 immobilizzazioni in corso e acconti			339 674	
TOTALE				31 289 842
III- IMMOBILIZZAZIONI FINANZIARIE				
1 partecipazioni in				
a) imprese controllate			708 890 671	
b) imprese collegate			26 057 718	
c) altre imprese			703 389	
TOTALE			735 651 778	
	entro 12 mesi	*oltre 12 mesi*		
2 crediti				
a) verso imprese controllate				
b) verso imprese collegate				
c) verso imprese controllanti				
d) verso altri	241 098	3 406 701	3 647 799	
TOTALE	241 098	3 406 701	3 647 799	
3 altri titoli				
4 azioni proprie			59 472 212	
TOTALE				798 771 789
TOTALE IMMOBILIZZAZIONI (B)				**940.651.308**
C) ATTIVO CIRCOLANTE				
I- RIMANENZE				
1 materie prime, sussidiarie, di consumo			129 270	
2 prodotti in corso di lavorazione e semilavorati			19 963 333	
3 lavori in corso su ordinazione				
4 prodotti finiti e merci			15 964 752	
5 acconti				
TOTALE				36 057 355
II- CREDITI	*entro 12 mesi*	*oltre 12 mesi*		
1 verso clienti	83 504 384	106 314	83 610 698	
2 verso imprese controllate	166 755 685		166 755 685	
3 verso imprese collegate	21 600 092		21 600 092	
4 verso imprese controllanti				
5 verso altri	63 203 144	359 259	63 562 403	
TOTALE	335 063 305	465 573		335 528 878
III- ATTIVITA' FINANZIARIE (che non siano immobilizzazioni)				
1 partecipazioni in controllate				
2 partecipazioni in collegate				
3 altre partecipazioni				
4 azioni proprie				
5 altri titoli				
TOTALE				
IV- DISPONIBILITA' LIQUIDE				
1 depositi bancari e postali			15 045 654	
2 assegni				
3 denaro e valori in cassa			25 457	
TOTALE				15 071 111
TOTALE ATTIVO CIRCOLANTE (C)				**386.657.344**
D) RATEI E RISCONTI				
1 ratei			3 796	
2 risconti			7 153 059	
3 disaggio su prestiti			907 916	
TOTALE RATEI E RISCONTI (D)				**8.064.771**
TOTALE ATTIVO				**1.335.373.423**

PASSIVO

		Valori intermed. 1	Valori intermed. 2	TOTALE 3
A) PATRIMONIO NETTO				
I- CAPITALE				67.451.756
II- RISERVA SOPRAPPREZZO AZIONI				227.793.341
III- RISERVE DI RIVALUTAZIONE				16.711.412
IV- RISERVA LEGALE				13.490.351
V- RISERVA PER AZIONI PROPRIE				59.472.211
VI- RISERVE STATUTARIE				
VII- ALTRE RISERVE				
1) Riserva straordinaria			79.813.673	
2) Riserva legge 675 del 12/8/1977			351.349	
3) Riserva conferm. legge 904 del 16/12/1977			750.739	
4) Riserva contributi in conto capitale			5.334.814	
5) Riserva ex L. 124/93 art. 13			53.289	
6) Riserva da fusione			478.223	
				86.782.087
VIII- UTILI (PERDITE) A NUOVO				
IX- UTILE (PERDITA) DELL'ESERCIZIO				71.693.919
TOTALE PATRIMONIO NETTO (A)				**543.395.077**
B) FONDI PER RISCHI E ONERI				
1 per trattamenti di quiescenza e simili			938.547	
2 per imposte			1.826.588	
3 altri			18.802.685	
TOTALE FONDI PER RISCHI E ONERI (B)				**21.587.820**
C) TRATTAMENTO DI FINE RAPPORTO				**43.541.383**
	entro 12 mesi	*oltre 12 mesi*		
D) DEBITI				
1 obbligazioni				
2 obbligazioni convertibili				
3 verso banche	370.709.581		370.709.581	
4 verso altri finanziatori				
5 acconti	24.819.062		24.819.062	
6 verso fornitori	92.449.612		92.449.612	
7 titoli di credito				
8 verso imprese controllate	128.551.644		128.551.644	
9 verso imprese collegate	25.632.338		25.632.338	
10 verso imprese controllanti	7.747		7.747	
11 tributari	16.449.254	8.020.168	24.469.422	
12 istituti di previdenza e di sicurezza sociale	8.090.317		8.090.317	
13 altri	44.045.270	1.548.620	45.593.890	
TOTALE DEBITI (D)	**710.754.825**	**9.568.788**		**720.323.613**
E) RATEI E RISCONTI				
1 ratei			2.885.060	
2 risconti			3.660.470	
3 aggio su prestiti				
TOTALE RATEI E RISCONTI (E)				**6.545.530**
TOTALE PASSIVO				**1.335.373.423**
CONTI D'ORDINE				
1 GARANZIE, FIDEJUSSIONI, AVALLI				
a) a favore di imprese controllate				51.959.927
b) a favore di imprese collegate				1.373.685
c) a favore di altre imprese				12.736.376
2 IMPEGNI				30.008.294
3 RISCHI				
4 ALTRI				283.355.617
TOTALE CONTI D'ORDINE				**379.433.899**

1) Totali voci precedute da lettere minuscole e (in alcuni casi) da numeri arabi
2) Totali voci precedute da numeri arabi e (in alcuni casi) da lettere minuscole
3) Totali voci precedute da numeri romani e da lettere maiuscole

Prospetto di dettaglio delle voci del bilancio di esercizio al 31/12/2002	(dati in Euro)
Ricavi delle vendite e delle prestazioni:	
1 RICAVI DELLE VENDITE DI COPIE	371.323.428
2 RICAVI DELLA VENDITA DI SPAZI PUBBLICITARI	212.415.109
3 di cui diretta	980.985
4 di cui tramite concessionaria	211.434.124
5 RICAVI DA EDITORIA ON LINE	0
6 di cui per abbonamenti	0
7 di cui per pubblicità	0
8 RICAVI DA VENDITA DI INFORMAZIONI	7.602.903
9 RICAVI DA ALTRA ATTIVITA' EDITORIALE	289.120.917
10 TOTALE VOCI 1+2+5+8+9	880.462.357

Conto economico Esercizio 2002 (dati in Euro)

	Valori intermedi 1	Valori intermedi 2	TOTALE 3
A) VALORE DELLA PRODUZIONE			
1 RICAVI DELLE VENDITE E PRESTAZIONI		896.368.229	
2 VARIAZIONI DELLE RIMANENZE DI SEMILAVORATI E FINITI		-2.360.076	
3 VARIAZIONI DEI LAVORI IN CORSO SU ORDINAZIONE			
4 INCREMENTI DI IMMOBILIZZAZIONI PER LAVORI INTERNI			
5 ALTRI RICAVI E PROVENTI			
a) contributi in conto esercizio			
b) altri ricavi e proventi	35.874.945		
		35.874.945	
TOTALE VALORE DELLA PRODUZIONE (A)			**929.883.098**
B) COSTI DELLA PRODUZIONE			
6 MATERIE PRIME, SUSSIDIARIE, DI CONSUMO, MERCI		203.526.280	
7 SERVIZI		455.221.272	
8 GODIMENTO DI BENI DI TERZI		11.364.341	
9 PERSONALE			
a) salari e stipendi	77.954.265		
b) oneri sociali	22.276.509		
c) trattamento di fine rapporto	6.691.477		
d) trattamento di quiescenza e simili	45.774		
e) altri costi	2.180.860		
TOTALE		109.148.885	
10 AMMORTAMENTI E SVALUTAZIONI			
a) ammort. immobilizz. immateriali	11.875.554		
b) ammort. immobilizz. materiali	5.276.441		
c) altre svalutazioni delle immobilizzazioni			
d) svalutazione crediti	2.473.851		
TOTALE		19.625.846	
11 VARIAZ. RIMANENZE MAT. PRIME, SUSS., DI CONSUMO E MERCI		-1.520	
12 ACCANTONAMENTI PER RISCHI		2.739.752	
13 ALTRI ACCANTONAMENTI			
14 ONERI DIVERSI DI GESTIONE		6.611.119	
TOTALE COSTI DELLA PRODUZIONE (B)			**808.235.975**
DIFFERENZA TRA VALORE E COSTI DELLA PRODUZIONE (A - B)			**121.647.122**
C) PROVENTI ED ONERI FINANZIARI			
15 PROVENTI DA PARTECIPAZIONI			
a) imprese controllate	47.878.191		
b) imprese collegate	3.096.804		
c) Altre imprese	21.923.434		
TOTALE		72.898.429	
16 ALTRI PROVENTI FINANZIARI			
a) da crediti iscritti nelle immobilizzazioni			
* imprese controllate			
* imprese collegate			
* imprese controllanti			
* Altre imprese	115.931		
TOTALE	115.931		
b) da titoli iscritti nelle immobilizzazioni	59.726		
c) da titoli iscritti nell'attivo circolante			
d) proventi diversi dai precedenti			
* imprese controllate	3.958.358		
* imprese collegate	74.391		
* imprese controllanti			
* Altre imprese	1.854.142		
	5.886.891		
TOTALE		6.062.548	
17 INTERESSI ED ONERI FINANZIARI			
a) imprese controllate	840.968		
b) imprese collegate	330.222		
c) imprese controllanti			
d) Altre imprese	15.517.559		
TOTALE		16.688.749	
TOTALE PROVENTI ED (ONERI) FINANZIARI (C)			**62.272.228**
D) RETTIFICHE DI VALORE DI ATTIVITA' FINANZIARIE			
18 RIVALUTAZIONI			
a) partecipazioni			
b) altre immobilizzazioni finanziarie			
c) titoli			
TOTALE			
19 SVALUTAZIONI			
a) partecipazioni	57.749.383		
b) altre immobilizzazioni finanziarie			
c) titoli			
TOTALE		57.749.383	
TOTALE RETTIFICHE DI VALORE DI ATTIVITA' FINANZIARIE (D)			**-57.749.383**
E) PROVENTI ED ONERI STRAORDINARI			
20 PROVENTI			
a) Plusvalenze da alienazioni	1.166.855		
b) Altri	741.030		
TOTALE		1.907.885	
21 ONERI			
a) Minusvalenze da alienazioni			
b) Imposte relative ad esercizi precedenti			
c) Altri	548.709		
TOTALE		548.709	
TOTALE PROVENTI ED (ONERI) STRAORDINARI (E)			**1.359.176**
RISULTATO PRIMA DELLE IMPOSTE			**127.529.144**
22 IMPOSTE SUL REDDITO DELL'ESERCIZIO			
a) imposte correnti		69.285.382	
b) imposte differite/anticipate		-13.450.157	
TOTALE			**55.835.225**
UTILE (PERDITA) DELL'ESERCIZIO			**71.693.919**

1) Totali voci precedute da lettere minuscole
2) Totali voci precedute da numeri arabi
3) Totali voci precedute da lettere maiuscole e (in alcuni casi) da numeri arabi

Bilancio Consolidato del Gruppo Mondadori al 31 dicembre 2002

Stato Patrimoniale (in migliaia di Euro)

ATTIVO

	Valori intermedi 1	Valori intermedi 2	TOTALE 3
A) CREDITI VERSO SOCI PER VERSAMENTI ANCORA DOVUTI			0
B) IMMOBILIZZAZIONI			
I IMMOBILIZZAZIONI IMMATERIALI			
1 costi di impianto ed ampliamento		781	
2 costi di ricerca, sviluppo, pubblicità			
3 brevetti e diritti utilizzo opere dell'ingegno		1 294	
4 concessioni, licenze, marchi		132 272	
5 avviamento		10 827	
6 immobilizzazioni in corso e acconti		1 428	
7 altre		6 131	
8 differenze da consolidamento		11 423	
TOTALE			164 156
II IMMOBILIZZAZIONI MATERIALI			
1 terreni e fabbricati		83 142	
2 impianti e macchinari		96 298	
3 attrezzature industriali e commerciali		2 071	
4 altri beni		18 200	
5 immobilizzazioni in corso e acconti		2 946	
TOTALE			202 657
III IMMOBILIZZAZIONI FINANZIARIE			
1 partecipazioni in			
a) imprese controllate		188	
b) imprese collegate		58 432	
c) altre imprese		851	
TOTALE		59 471	
	entro 12 mesi	oltre 12 mesi	
2 crediti			
a) verso imprese controllate			
b) verso imprese collegate			
c) verso imprese controllanti			
d) verso altri	868	6 527	7 395
TOTALE	868	6 527	7 395
3 altri titoli			1
4 azioni proprie			59 472
TOTALE			126 339
TOTALE IMMOBILIZZAZIONI (B)			**493.152**
C) ATTIVO CIRCOLANTE			
I RIMANENZE			
1 materie prime		12 081	
2 prodotti in corso di lavorazione e semilavorati		29 230	
3 lavori in corso su ordinazione		8 680	
4 prodotti finiti e merci		70 595	
5 acconti		9	
TOTALE			121 135
	entro 12 mesi	oltre 12 mesi	
II CREDITI			
1 verso clienti	323 385	13 580	336 965
2 verso imprese controllate	36		36
3 verso imprese collegate	46 948		46 948
4 verso imprese controllanti			
4bis verso imprese consociate	2 330		2 330
5 verso altri	117 634	359	117 993
TOTALE	490 333	13 939	504 272
III ATTIVITA' FINANZIARIE (che non sono immobilizzazioni)			
1 partecipazioni in controllate			
2 partecipazioni in collegate			
3 altre partecipazioni			
4 azioni proprie			
5 altri titoli		407 296	
TOTALE			407 296
IV DISPONIBILITÀ LIQUIDE			
1 depositi bancari e postali		85 547	
2 assegni		53	
3 denaro e valori in cassa		136	
TOTALE			85 736
TOTALE ATTIVO CIRCOLANTE (C)			**1.118.439**
D) RATEI E RISCONTI			
1 ratei		336	
2 risconti		9 205	
3 disaggio su prestiti		908	
TOTALE RATEI E RISCONTI (D)			**10.449**
TOTALE ATTIVO			**1.622.040**

PASSIVO

	Valori intermedi 1	Valori intermedi 2	TOTALE 3
A) PATRIMONIO NETTO			
I CAPITALE			67 452
II RISERVA SOVRAPPREZZO AZIONI			227 793
III RISERVE DI RIVALUTAZIONE			16 712
IV RISERVA LEGALE			13 490
V RISERVA PER AZIONI PROPRIE			59 472
VI RISERVE STATUTARIE			
VII ALTRE RISERVE			
1) riserva straordinaria			
2) riserva legge 675 del 12/8/1977		351	
3) riserva conferim. legge 904 del 16/12/1977		751	
4) riserva contributi in conto capitale		5 335	
5) riserva legge 124/93 art. 13		53	
6) riserva da fusione		478	
7) altre riserve		-3 047	
			3 921
VIII UTILI (PERDITE) A NUOVO			62 017
IX UTILE (PERDITA) DELL'ESERCIZIO			81 074
PATRIMONIO NETTO CONSOLIDATO DEL GRUPPO			**531.931**
QUOTA DI PATRIMONIO DI TERZI AZIONISTI			357
TOTALE PATRIMONIO NETTO (A)			**532.288**
B) FONDI PER RISCHI E ONERI			
1 per trattamenti di quiescenza e simili		938	
2 per imposte		23 100	
3 altri		27 924	
TOTALE FONDI PER RISCHI E ONERI (B)			**51.962**
C) TRATTAMENTO DI FINE RAPPORTO			**101.789**
	entro 12 mesi	oltre 12 mesi	
D) DEBITI			
1 obbligazioni			
2 obbligazioni convertibili			
3 verso banche	376 423	14 372	390 795
4 verso altri finanziatori			
5 acconti	35 247		35 247
6 verso fornitori	314 286	175	314 461
7 titoli di credito			
8 verso imprese controllate	195		195
9 verso imprese collegate	48 162		48 162
10 verso imprese controllanti	9		9
10bis verso imprese consociate	5 184		5 184
11 tributari	17 263		17 263
12 istituti di previd. e di sicurez. sociale	16 519		16 519
13 altri	91 715	3 696	95 411
TOTALE DEBITI (D)	**905.103**	**18.243**	**923.346**
E) RATEI E RISCONTI			
1 ratei		5 746	
2 risconti		5 909	
3 aggio su prestiti			
TOTALE RATEI E RISCONTI (E)			**12.655**
TOTALE PASSIVO			**1.622.040**
CONTI D'ORDINE			
1 GARANZIE, FIDEJUSSIONI, AVALLI			
a) a favore di imprese controllate			
b) a favore di imprese collegate			1 374
c) a favore di altre imprese			33 341
2 IMPEGNI			29 610
3 RISCHI			
4 ALTRI			87 375
TOTALE CONTI D'ORDINE			**152.000**

1) Totali voci precedute da lettere minuscole e in alcuni casi da numeri arabi
2) Totali voci precedute da numeri arabi e in alcuni casi da lettere minuscole
3) Totali voci precedute da numeri romani e da lettere maiuscole

Conto Economico (in migliaia di Euro)

	Valori intermedi 1	Valori intermedi 2	TOTALE 3
A) VALORE DELLA PRODUZIONE			
1 RICAVI DELLE VENDITE E PRESTAZIONI		1 461 065	
2 VARIAZ. DELLE RIMANENZE DI SEMILAVORATI E FINIT.		795	
3 VARIAZIONI DEI LAVORI IN CORSO SU ORDINAZIONE		-396	
4 INCREMENT. DI IMMOBILIZZ. PER LAVORI INTERNI		158	
5 ALTRI RICAVI E PROVENTI			
a) contributi in conto esercizio	3 785		
b) altri ricavi e proventi	43 161		
		46 946	
TOTALE VALORE DELLA PRODUZIONE (A)			**1.508.568**
B) COSTI DELLA PRODUZIONE			
6 MATERIE PRIME, SUSSIDIARIE, DI CONSUMO, MERCI		455 339	
7 SERVIZI		562 037	
8 GODIMENTO DI BENI DI TERZI		21 298	
9 PERSONALE			
a) salari e stipendi	171 582		
b) oneri sociali	52 951		
c) trattamento di fine rapporto	15 072		
d) trattamento di quiescenza e simili	46		
e) altri costi	3 157		
TOTALE		242 808	
10 AMMORTAMENTI E SVALUTAZIONI			
a) ammort. immobilizz. immateriali	23 750		
b) ammort. immobilizz. materiali	36 523		
c) altre svalutazioni delle immobilizzazioni	2 748		
d) svalutazione crediti	9 696		
TOTALE		72 717	
11 VARIAZ. RIMANENZE MAT. PRIME, SUSS., DI CONSUMO E MERCI		-1 795	
12 ACCANTONAMENTI PER RISCHI		5 726	
13 ALTRI ACCANTONAMENTI		48	
14 ONERI DIVERSI DI GESTIONE		10 530	
TOTALE COSTI DELLA PRODUZIONE (B)			**1.368.708**
DIFFERENZA TRA VALORE E COSTI DELLA PRODUZIONE (A - B)			**139.860**
C) PROVENTI ED ONERI FINANZIARI			
15 PROVENTI DA PARTECIPAZIONI			
a) imprese controllate			
b) imprese collegate	57		
c) altre imprese			
TOTALE		57	
16 ALTRI PROVENTI FINANZIARI			
a) da crediti iscritti nelle immobilizzazioni			
• imprese controllate			
• imprese collegate			
• imprese controllanti			
• altre imprese	128		
TOTALE	128		

(segue)

Conto Economico (seguito)

	Valori intermedi 1	Valori intermedi 2	TOTALE 3
b) da titoli iscritti nelle immobilizzazioni	63		
c) da titoli iscritti nell'attivo circolante	11 112		
d) proventi diversi dai precedenti			
• imprese controllate			
• imprese collegate	575		
• imprese controllanti			
• altre imprese	8 901		
	9 476		
TOTALE		20 725	
17 INTERESSI ED ONERI FINANZIARI			
a) imprese controllate			
b) imprese collegate	330		
c) imprese controllanti			
d) altre imprese	25 142		
TOTALE		25 472	
TOTALE PROVENTI ED (ONERI) FINANZIARI (C)			**-4.589**
D) RETTIFICHE DI VALORE DI ATTIVITÀ FINANZIARIE			
18 RIVALUTAZIONI			
a) partecipazioni	5 140		
b) altre immobilizzazioni finanziarie			
c) titoli			
TOTALE		5 140	
19 SVALUTAZIONI			
a) partecipazioni	7 882		
b) altre immobilizzazioni finanziarie			
c) titoli	-156		
TOTALE		7 726	
TOTALE RETTIFICHE DI VALORE DI ATTIVITA' FINANZIARIE (D)			**-2.586**
E) PROVENTI ED ONERI STRAORDINARI			
20 PROVENTI			
a) plusvalenze da alienazioni	1 652		
b) altri	1 998		
TOTALE		3 650	
21 ONERI			
a) minusvalenze da alienazioni	10		
b) imposte relative ad esercizi precedenti	1 737		
c) altri	1 342		
TOTALE		3 089	
TOTALE PROVENTI ED (ONERI) STRAORDINARI (E)			**561**
RISULTATO PRIMA DELLE IMPOSTE			**133.146**
22 IMPOSTE SUL REDDITO DELL'ESERCIZIO			52 068
23 RISULTATO DELL'ESERCIZIO			81 078
UTILE (PERDITA) DELL'ESERCIZIO DI PERTINENZA DI TERZI			4
UTILE (PERDITA) DELL'ESERCIZIO			**81.074**

1) Totali voci precedute da lettere minuscole
2) Totali voci precedute da numeri arabi
3) Totali voci precedute da lettere maiuscole e in alcuni casi da numeri arabi

«Il volo della martora»
di Mauro Corona
I Miti
Arnoldo Mondadori Editore

Questo volume è stato stampato
presso Mondadori Printing S.p.A.
Via Bianca di Savoia n. 12 – Milano
Stabilimento NSM
Viale De Gasperi n. 120 – Cles (TN)
Stampato in Italia. Printed in Italy

I MITI
Periodico quindicinale:
N. 124 del 9/9/2003
Direttore responsabile: Stefano Magagnoli
Registr. Trib. di Milano n. 560 del 17/9/1999

ISSN 1123-8356

52431
2003